소중한 _____ 에게

_____ 가(이) 선물합니다.

_____

동물농장

조지 오웰 지음

영국의 소설가이자 비평가로 1903년 인도의 벵골에서 태어났습니다. 조지 오웰은 필명이고,
본명은 에릭 아서 블레어입니다. 영국의 명문 이튼 학교를 졸업하고, 미얀마에서 경찰로 근무했으며,
파리로 돌아와 글을 쓰기 시작했습니다. 이 무렵의 생생한 체험을 바탕으로 한 「파리와 런던의 바닥 생활」,
「버마의 나날」,을 발표하여 주목을 받았습니다. 제2차 세계 대전이 끝난 뒤에는 공산주의 체제를 동물 우화
형식으로 풍자한 정치 풍자 소설 「동물 농장」을 발표하였고, 또 하나의 문제작 「1984년」으로 세계적인
작가로서의 명성을 얻었습니다. 1950년 폐결핵으로 47세의 짧은 생을 마감했습니다.

김학선 엮음

경기도 이천에서 태어났으며 강원일보에 동시가, 경향신문 신춘문예에 동화가 당선되어
작품 활동을 시작했습니다. 그동안 「말썽꾸러기 갈게」, 「채송화 나라의 난쟁이 나팔수」, 「엄마의 뜰에는」,
「일학년이 읽는 동화」, 「꽃새 찌루」, 「말코 대왕과 날개 달린 임금님」, 「시골로 간 꼬랭이」 등을 펴내,
해강아동문학상 · 한국동화문학상 등을 수상했습니다.

2024년　5월 25일 2판 7쇄 **펴냄**
2011년 10월 20일 2판 1쇄 **펴냄**
2004년 10월　1일 1판 1쇄 **펴냄**

펴낸곳 (주)효리원
펴낸이 윤종근
지은이 조지 오웰
엮은이 김학선 · **그린이** 강백, 안성환(표지)
등록 1990년 12월 20일 · **번호** 2-1108
우편 번호 03147
주소 서울시 종로구 삼일대로 457, 406호
전화 02)3675-5222 · **팩스** 02)765-5222

잘못 만들어진 책은 구입하신 서점에서 바꾸어 드립니다.
ISBN 978-89-281-0125-2 64840

이메일 hyoreewon@hyoreewon.com
홈페이지 www.hyoreewon.com

동물농장

조지 오웰 지음
김학선 엮음 / 강백 그림

 효리원
hyoreewon.com

　『동물 농장』은 1945년에 영국의 작가 조지 오웰이 쓴 우화 소설이
다. 우화란 동물이나 식물이 인간과 같이 말하고 행동하며 생각하게
하여 쓴 이야기를 말하는데, 이런 방법을 좀 어렵게 말하여 의인화
또는 인격화시킨다고 한다. 『이솝 우화』를 읽어 본 어린이라면 우화
라는 말뜻을 더 쉽게 이해할 수 있을 것이다. 그러나 우화라는 것이
단순히 동 · 식물 등을 의인화시켜 쓴 이야기로 끝나는 것이라면 별
로 의미가 없다. 그 속에는 숨겨져 있는 것이 있다. 바로 인간에게 교
훈과 깨달음을 주기 위한 빗댐과 비꼼 등이 있어 문학적 가치를 인정
받는 것이다. 짧은 『이솝 우화』에 이러한 문학적 요소들이 얼마나 많
이 들어 있는지, 읽어 본 어린이라면 잘 알 것이다.

　그런 점에서 『동물 농장』은 옛 소련의 정치 현실에 대한 풍자 소설
이기도 하다. 풍자란 무엇에 빗대어 재치 있게 비꼬거나 비판하는 것
을 말한다. 여기 등장하는 돼지, 말, 염소, 개 등은 사람이나 다름없
다. 사람처럼 생각하고 행동하니까. 그런데 그들의 말과 행동에 대
해 우리는 긍정도 하고 부정도 한다. 독재자 나폴레옹과 교활한 스퀼
러의 행동에 대해 주먹을 쥐고 분노하는가 하면, 복서의 죽음에 대해
서는 슬픔과 함께 안타까운 마음을 금하지 못한다. 그러면서 이 동물

농장과 비슷한 정치 현실을 갖고 있는 나라가 아직도 이 세계에 남아 있다는 것도 깨닫게 된다.

절대 권력을 쥐고 있었던 나폴레옹은 처음 동물들과의 약속과는 달리 부패하게 되고, 결국 인간인 존스가 운영할 때의 메이너 농장 모습으로 되돌아간다. 이것은 동물 농장이 안고 있는 한계이자 인간의 정치 현실도 이와 비슷할 수 있음을 경고하는 메시지이기도 하다.

오웰은 이 작품을 통해, 혁명을 일으켜 정권을 장악한 옛 소련의 독재자 스탈린을 비꼬고 비판하였다. 절대 권력자 나폴레옹이 평등을 부르짖으면서도 권력을 남용하며 음모와 조작으로 힘없는 동물들을 속이고 괴롭히는 모습은 독재자 스탈린을 묘사한 것이다.

우리는 이 작품에서 동물들이 지니고 있는 특징과 행동, 그리고 습성을 통해 우화 소설의 참맛을 느낄 수 있다. 뿐만 아니라 그 안에 담겨 있는 독재자와 그를 추종하는 무리들의 모순과 부패한 생활을 통해 날카로운 비판 정신도 기를 수 있다.

『동물 농장』은 서울대학교 논술 고사의 제시문으로 출제되기도 했다. '이 작품은 동물을 의인화하여 현실의 문제를 날카롭게 꼬집고 있는데, 그 〈현실의 문제〉가 무엇인지'를 묻는 문제였다. 이 책 뒤쪽에 실은 '논리 · 논술 Level Up'을 잘 익혀 두면 큰 도움이 될 것이다.

엮은이 김학선

메이너 농장의 동물 회의

메이너 농장에 밤이 찾아왔다. 존스 씨는 잠자리에 들기 전에 닭장 문을 닫아걸었다. 그러나 너무 술에 취한 나머지 출입문 닫는 것은 깜박 잊어버렸다. 그는 등불을 든 채 비틀거리며 안마당을 건너갔다. 그러고는 장화를 벗어 던진 채 부엌으로 들어가 맥주 한 잔을 따라 마시고는 침실로 향했다. 그의 아내는 이미 코를 골며 잠들어 있었다.

드디어 침실의 불이 꺼지자 기다렸다는 듯이 농장 안에서 웅성 거리는 소리가 들려오기 시작했다. 왜냐하면 지난번 품평회에서 미들 화이트 상인가를 탔다는 늙은 수퇘지 메이저 때문이었다. 메이저가 지난 밤에 아주 이상한 꿈을 꾸었는데, 그걸 농장의 모든 동물들에게 들려주겠다는 소문이 낮부터 퍼졌던 것이다.

"도대체 무슨 꿈이기에 그래?"

"모르겠어. 암튼 다들 모여 들어야 한다고 하더군."

"그래? 어이, 자네는 뭐 알고 있나?"

"낸들 아나? 하여튼 아주 이상한 꿈을 꾸었다니 어서 가서 들어보세."

동물들은 수퇘지 메이저의 이상한 꿈 이야기를 듣기 위해, 존스 씨가 잠자리에 들기를 기다렸다가 농장의 큰 창고에 모여들었다. 평소에 그들로부터 존경받던 메이저이기 때문에 모두 그의 이야기를 듣기 위해서라면 한 시간쯤 잠을 손해 보더라도 상관없다는 생각이었다.

넓은 창고 한쪽에 마련된 연단에는 벌써 메이저가 짚으로 만든 자리에 편안하게 앉아 그들을 기다리고 있었다. 그의 머리 위를 가로지른 대들보에는 등불이 하나 매달려 있었다. 올해 열두 살이 된 메이저는 요즘 약간 살이 찐 편이지만 여전히 위엄이 있어 보였고, 지금까지 한 번도 송곳니를 자른 적은 없지만 총명하고 듬직해 보였다.

어느새 창고에는 동물들이 하나둘씩 모여들어 자리를 잡기 시작했다. 제일 먼저 나타난 동물은 블루벨, 제시, 핀처라는 세 마리의 개였다. 이어서 돼지들이 들어와 연단 옆에 자리를 잡고 앉았다. 암탉들은 창틀 위에 앉았고, 비둘기들은 서까래 위로 올라가 앉았으며, 양과 암소들은 돼지들 뒤쪽에 앉아 입을 우물거리며 되새김질을 하고 있었다.

복서와 클로버는 수레를 끄는 말이었다. 둘은 사뭇 조심스런 발걸음으로 들어왔다. 행여나 짚더미 속에 있는 작은 동물이라도 밟으면 큰일이기 때문이었다. 클로버는 이미 중년에 가까운 뚱뚱한 어미 말이었다. 네 번째 새끼를 낳은 뒤로는 옛날의 날씬한 모습을 찾을 수가 없었다. 복서는 키도 크고 몸집 또한 엄청나게 커서 보통 말 두 마리를 합친 것만큼의 힘을 지니고 있었다. 복서가 좀 멍청해 보이는 것은 코밑의 흰 줄 때문이었다. 사실 그는 머리가 썩 좋은 편은 아니었다. 하지만 착실하고 남들보다 일을 잘하기 때문에 다른 동물들에게 존경을 받고 있었다.

뒤따라 들어온 동물은 흰 염소 뮤리엘과 당나귀 벤자민이었다. 벤자민은 이 농장에서 나이도 가장 많았지만 성질도 제일 고약했다. 그는 좀처럼 입을 열지는 않았지만 어쩌다 한번 입을 열면 남의 속을 득득 긁어놓기 일쑤였다. 뿐만 아니라 그는 지금까지 한 번도 웃어 본 적이 없었다. 그런 그도 겉으로 드러내진 않았지만 속으로는 복서를 무척 좋아하고 있었다. 일요일이면 그들 둘이 가끔 과수원 너머 작은 목장에서 나란히 풀을 뜯으며 함께 시간을 보내곤 했으니까.

복서와 클로버가 자리를 잡고 앉자 이번에는 어미 잃은 새끼 오리들 한 떼가 줄을 지어 창고로 들어왔다. 새끼 오리들은 꺅꺅거리며 다른 동물들에게 밟히지 않을 자리를 찾기 위해 이리저리 돌아다녔다. 이때 클로버가 커다란 앞발을 들어 울타리를 만들어 주자 새끼 오리들은 그 안으로 들어가 자리를 잡더니 금세 잠이 들어버렸다.

존스 씨의 마차를 끄는 몰리가 들어온 것은 그때였다. 몰리는 약간 바보 같아 보이면서도 예쁘장하게 생긴 하얀 암말이었다. 그녀는 설탕을 먹으면서 아주 우아한 걸음으로 들어와 앞줄 가까이에 자리를 정하고 앉아 흰 갈기를 좌우로 한 번 멋지게 흔들어 댔다. 그 이유는 갈기에 매달려 있는 빨간 리본을 자랑하고 싶어서였다.

꼴찌로 들어온 동물은 고양이였다. 고양이는 여느 때와 마찬가지로 제일 따뜻한 자리를 찾느라 두리번거리다가 복서와 클로버 사이로 비집고 들어갔다. 그녀는 수퇘지 메이저의 이야기는 거의 한 마디도 듣지 않았다. 눈을 지그시 감은 채 목구멍으로 가르랑거리는 소리만 내고 있었으니까.

이렇게 하여 뒷문 뒤에서 잠자고 있는 까마귀 모지스만 빼고는

농장 안의 모든 동물들이 다 모인 셈이었다.

동물들은 저마다 자리에 편하게 앉아 이야기 들을 준비를 끝내고 메이저를 바라보았다. 그때서야 메이저는 '에헴, 에헴' 하며 목소리를 가다듬고는 입을 열었다.

"동지들, 여러분은 이미 내가 어젯밤에 이상한 꿈을 꾸었다는 소식을 들었을 것이오. 그러나 그 꿈 이야기는 조금 이따가 하기로 하고, 우선 다른 이야기부터 시작하려 하오. 동지 여러분, 내가 여러분과 함께 지낼 날도 이제 얼마 남지 않았다고 생각하오. 그래서 죽기 전에 내가 한평생 깨달은 지혜를 여러 동지들에게 전해 주려고 하오. 나는 그래도 오래 살았고, 우리 안에 혼자 갇혀 지내는 동안 여러 가지 일들을 생각해 왔소. 나는 지금 살아 있는 어느 누구 못지않게 우리 동물들의 삶에 대해 잘 알고 있다고 생각하오. 내가 동지들에게 말하고 싶은 것도 바로 그것이오. 자— 동지 여러분, 지금 우리의 삶은 어떤 모습입니까? 우리 한번 똑바로 생각해 봅시다. 우리의 삶은 아주 짧고 비참 하기만 합니다. 우리는 겨우 죽지 않을 만큼의 식량만 배급받고는 죽을힘을 다해 일을 해야 합니다. 그러다가 더 이상 쓸모가 없다고 여겨지면 우리는 가차 없이 죽임을 당하게 됩니다. 영국의 모든 동물들은 태어나서 1년이 지나면 행복이니 여가니 하는 말의 뜻을 다 잊어버리고 맙니다. 어느 누구도 자유를 누릴 수 없습니다. 우리 동물의 일생은 비참한 노예 생활의 연속일 뿐입니다. 이것은 아주 분명한 사실입니다. 그렇다면 이것이 자연의 섭리일까요? 우리가 살고 있는 이 땅이 풍요롭지 못해서 우리 삶을 보장해 주지 못하는 것일까요? 아닙니다. 절대로 그렇지 않습니다. 영국은 땅도 기름질 뿐만 아니라 기후도 살기에 아주 좋습니다. 따라서 지금보다 더 많은 동물들이 살고 있다 해도 식량은 충분하게 제공받을 수 있습니다. 이 메이너 농장 하나만 보더라도 말 열두 마리, 소 스무 마리, 양 수백 마리에게 배부르게 먹여 주고, 안락하고 품위 있게 살게 해 줄 수 있습니다. 그런데 왜 우리는 이 비참한 생활을 계속해야 합니까? 그 이유는 간단합니다. 우리가 죽도록 일해서 얻어진 것들의 대부분을 인간들이 모두 빼앗아 가기 때문입니다. 문제의 답은 바로 여기에 있습니다. '인간'들이 우리의 삶을 피폐하게 만들고 있는 것입니다. 인간이야말로 우리의 진짜 적입니다. 인간을 몰아낸다면 우리의 굶주림과 힘든 노동도 영원히 사라지게 될 것입니다. 동지 여러분, 인간들을 농장에서 몰아 냅시다! 인간은 생산하지도 못하면서 소비만 할 줄 아는 유일한 동물입니다. 그들은 우유를 짜내지도 못하고, 알을 낳지도 못합니다. 힘이 약해서 쟁기도 끌지 못하고, 토끼를 잡을 수 있을 만큼 빨리 뛰지도 못합니다.

그런데도 그들은 우리 동물들을 실컷 부려먹으며, 굶어 죽지 않을 만큼의 식량만 주고는 나머지 모두를 차지해 버립니다. 우리가 죽을힘을 다해 땅을 갈고, 우리의 배설물이 그 땅을 기름지게 하지만 정작 우리는 얻는 것이 하나도 없습니다. 몸뚱이 하나밖에는 가진 것이 아무것도 없습니다."

수퇘지 메이저의 말에 다른 동물들은 눈을 크게 뜬 채 열심히 듣고 있었다. 메이저는 더욱 큰 목소리로 이야기를 이어나갔다.

"지금 내 앞에 앉아 있는 암소 동지들에게 묻겠소. 당신들이 지난해 짜낸 우유가 도대체 몇천 갤런이오? 그것으로 여러분은 새끼들을 배불리 먹여 키우셨나요? 아니지요? 그렇다면 여러분의 새끼들을 배불리 먹여 키워야 할 그 우유는 어디로 간 것입니까? 그렇습니다. 우리의 적인 인간들의 목구멍으로 모두 넘어가고 말았습니다."

메이저의 말을 들은 암소들은 눈을 꿈벅꿈벅하며 아무 말도 하지 못했다.

"다음은 암탉 동지들, 지난해 당신들은 수없이 많은 알을 낳았습니다. 그러면 그 알 중에 과연 얼마나 병아리로 부화되었습니까? 나머지 알들은 다 어디로 갔습니까? 말할 것도 없이 시장에 내다 팔려 존스 씨와 그의 일꾼들 주머니를 돈으로 채웠지요. 그

리고 클로버, 당신이 낳은 새끼 네 마리는 지금 어디에 있소? 당신이 더 늙어 의지해야 할 그 새끼들 말이오. 태어나서 한 살이 되자마자 모두 팔려가 버리지 않았소? 이제 당신은 새끼들과 다시는 만날 수 없을 것이오. 당신이 네 번이나 새끼를 낳아 준 것과 고생하며 일한 대가로 얻은 게 무엇이오? 허름한 마구간과 죽지 않을 만큼의 먹을 것뿐이지 않소. 동지 여러분, 그렇다고 우리가 현재 살고 있는 이 비참한 삶조차 마음대로 살아갈 수가 있습니까? 우리 모두는 언제 죽을지 모르는 운명입니다. 나는 내 삶에 대해 이제 불만은 없습니다. 왜냐하면 그래도 나는 운 좋게 지금까지 살아왔기 때문입니다. 나는 12년이나 살았고 자손만도 4백 마리를 넘게 두었습니다. 이것은 돼지의 일생으로서는 자연스러운 일입니다. 그러나 어떤 동물이라도 끝에 가서는 우리의 목숨을 빼앗는 무서운 칼날을 피할 수는 없습니다. 지금 내 앞에 앉아 있는 젊은 돼지 여러분, 모르긴 몰라도 그대들은 1년도 안 지나서 가엾게도 도살장에 끌려가 끔찍한 최후를 맞이할 것이오. 우리 동물들은 아무도 이 끔찍한 운명을 피할 수 없습니다. 말이나 개라고 해서 더 나은 운명을 타고난 것은 아닙니다. 복서, 당신도 그 튼튼한 근육의 힘이 없어지면 존스 씨는 그날로 당신을 도살장에 팔아 넘길 것입니다. 개들은 나이 들고 이빨이 빠지면 목에 벽돌을 매달아서 근처 연못에 던져 버리겠지요."

메이저의 말이 잠시 끊기자 여기저기서 동물들의 긴 한숨 소리가 들려왔다.

"구구절절 맞는 말이야."

"생각해 보니 그렇군. 휴, 우리 신세라니……."

"우리 처지를 한번도 생각해 보지 못했는데, 메이저의 말을 듣고 보니 우리가 인간에게 이용만 당했다는 생각이 드는군."

동물들이 한마디씩하며 자신들의 처지를 안타까워했다.

"동지 여러분, 그렇다면 우리의 이 모든 불행이 인간들의 횡포 때문이라는 것이 명백하지 않습니까? 우리가 인간을 몰아낼 수 있다면 우리가 땀흘려 얻은 것들은 모두 우리 것이 될 수 있습니다. 하룻밤 사이에 우리는 부자가 되고 자유로워질 수 있습니다. 그렇다면 이제 우리가 해야 할 일이 무엇이겠습니까? 그것은 불을 보듯 뻔한 일이 아닙니까? 우리는 온 힘을 기울여 인간들을 몰아내야 합니다. 그것이 우리의 목표입니다. 이것이 내가 여러분에게 전하고 싶은 메시지입니다. 일어납시다! 인간을 몰아내기 위해 반란을 일으킵시다! 그날이 언제 올지는 모릅니다. 일 년 뒤가 될지, 백 년 뒤가 될지 아무도 모릅니다. 그러나 내 발 밑에 깔린 짚을 보듯 정의의 날은 반드시 온다는 것입니다. 동지 여러분, 여러분의 생애가 비록 짧다고 해도 이것을 잊어서는 안 됩니다. 이 메시지를 여러분의 자손들에게도 전해서 마침내 승리를 거둘 때까지 계속 투쟁해 나갑시다. 동지 여러분의 이 결의가 결코 흔들리지 않도록 명심하십시오. 누구의 어떤 말에도 흔들리지 맙시다. 인간과 동물은 다 같이 공동의 이해 관계를 갖고 있다든지, 인간의 번영이 곧 동물의 번영이라는 등의 달콤한 말에 절대 넘어가서는 안 됩니다. 그것은 모두 거짓말일 뿐입니다. 인간은 자기들 외의 어떤 동물의 이익도 추구하지 않습니다. 그러므로 투쟁을 위하여 우리 동물끼리 하나로 똘똘 뭉치는 동지애를 발휘해야 합니다. 인간은 모두 우리의 적이요, 모든 동물은 우리의 동지입니다."

수퇘지 메이저는 귀를 세우며 큰 소리로 외쳤다.

바로 그때 작은 소동이 일어났다. 메이저가 연설을 하고 있는 동안 커다란 쥐 네 마리가 구멍에서 기어나와 그의 이야기를 듣고 있었는데, 개들이 쥐를 발견하고 순식간에 덮쳤던 것이다. 쥐들은 재빨리 구멍으로 몸을 피해 목숨을 건졌지만 소동은 쉽게 가라앉지 않았다.

"고놈의 쥐들, 잡을 수 있었는데. 아휴 아까워!"

"지난번에 놓쳤던 놈들 같은데, 다음에 내눈에 띄면 그때는 꼭 잡고 말겠어."

"저 쥐구멍에 얼굴을 내미는 순간 잡아버려야지."

쥐를 놓친 개들은 숨을 헐떡이며 한마디씩 했다.

"자— 동지 여러분, 모두 조용히 해 주시오."

메이저는 앞발을 흔들어 대며 조용히 하라고 소리쳤다.

"동지 여러분, 지금 우리가 결정해야 할 중대한 문제가 하나 생겼습니다. 그것은 쥐나 산토끼 같은 야생 동물에 대한 문제입니다. 이들은 과연 우리의 동지입니까, 적입니까? 이 문제를 지금 투표로 결정하기 위해 표결에 붙일 것을 제안합니다. 쥐는 과연 우리의 동지입니까, 적입니까?"

그리하여 곧 투표가 실시되었다.

"여러분, 자신의 생각을 솔직하게 표시하면 됩니다."

투표 결과 압도적인 지지로 쥐도 같은 동지임이 결정되었다. 반대표는 개 세 마리와 고양이 한 마리를 합해서 모두 네 표였다. 고양이는 찬성 쪽과 반대 쪽에 모두 표를 던진 것이 나중에 알려졌는데, 그것은 별 문제가 되지 않았다.

투표 결과가 알려지자 메이저는 다시 입을 열었다.

"이제 나는 더 이상 할 말이 없습니다. 다만 다시 한 번 말하지만 인간과 인간의 모든 행동에 대해 적개심을 버리지 말라는 것입니다. 두 발로 걷는 것은 모두 우리의 적임을 잊지 마십시오. 네 발로 걷거나 날개를 가진 동물은 모두 우리의 동지임도 잊지 마십시오. 또한 인간과 맞서 싸우는 데 있어 그들을 흉내 내서도 안 됩니다. 인간에게 승리를 거둔 뒤에라도 그들의 삶을 절대 흉내 내려 하지 마십시오. 어떤 동물이든 인간처럼 집 안에서 살거나, 침대에서 자거나, 옷을 입거나, 술을 마시거나, 담배를 피우거나, 돈을 만지거나, 장사를 해서는 안 됩니다. 인간의 습관은 모두 나쁜 것입니다. 그리고 어떤 동물이든 같은 동물을 탄압해서는 안 됩니다. 그들이 강하든 약하든, 똑똑하든 똑똑하지 않든 간에 그들은 모두 우리 편이요, 동지입니다. 모든 동물은 평등합니다. 따라서 어떤 경우라도 서로 죽이는 일이 있어서는 안 됩니다.”

동물들은 메이저의 말에 고개를 끄덕이며 조용히 듣고 있었다.

“이제 나는 어젯밤의 꿈 이야기를 하려 합니다. 한 가지 안타까운 것은 내가 아무리 설명을 잘한다 해도 어젯밤 꿈처럼 생생하게 전달할 수 없다는 것입니다. 하지만 열심히 설명할 테니 잘 들어 주시기 바랍니다. 어젯밤 내가 꾼 꿈은 인간이 지상에서 쫓겨난 뒤의 세상에 관한 꿈이었습니다. 그 꿈 덕분에 나는 오랫동안 잊고 지냈던 일을 다시 떠올리게 되었습니다. 벌써 오래전이지만, 내가 아주 어렸을 때 내 어머니와 다른 암퇘지들이 즐겨 부르던 옛 노래가 있었습니다. 그런데 그들은 노래의 곡조와 처음 세 마디의

가사밖에는 몰랐습니다. 나도 어린 시절에는 그 곡조를 알고 있었는데 지금은 다 잊어버렸습니다. 그런데 어젯밤 꿈속에서 그 곡조가 갑자기 생각났습니다. 뿐만 아니라 노래의 가사까지 생각났습니다. 이 노래는 오래전 동물들이 불렀다가 어느 때인가부터 끊어져 오래도록 잊혀졌습니다. 이제 그 노래를 내가 한번 불러 보겠습니다. 나는 이제 늙어 목소리도 거칠어졌지만, 여러분들은 아마도 다들 잘 부를 수 있을 것입니다. 「영국의 동물들」이라는 제목의 노래입니다."

수퇘지 메이저는 목청을 가다듬은 다음 노래를 부르기 시작했다. 그의 말대로 목소리는 좀 거칠었으나 노래는 아주 훌륭했다. 「클레멘타인」과 「라 쿠카라차」가 합쳐진 것 같은 노래로 아주 감동적이었다.

영국의 동물들아, 아일랜드의 동물들아,

온 세상 방방곡곡의 동물들아,

이 기쁜 소식에 귀 기울여라

황금빛 미래가 열리고 있다는 것을.

머지않아 그날이 오리라

포악한 인간들이 쫓겨나고

영국의 기름진 들판에서

동물만이 활개치며 걸을 그날이.

우리들의 코에서 코뚜레가 사라지고

우리들의 등에서 멍에가 벗겨지며

재갈과 박차는 영원히 녹슬고

가혹한 채찍도 사라지리.

상상할 수 없는 풍요로움

밀과 보리, 귀리와 건초

클로버와 콩과 근대가

그날이 오면 모두 우리들 것이 되리.

영국의 들판은 환히 빛나고

강물은 더욱 맑게 흐르고

바람은 감미롭게 불어오리

우리가 자유로워지는 그날에.

그날이 오기 전에 죽을지라도

우리 모두 힘써 일해야 하리

암소와 말과 거위와 칠면조도

모두 자유를 얻기 위해 힘써 일해야 하리.

영국의 동물들아, 아일랜드의 동물들아,

온 세상 방방곡곡의 동물들아,

이 기쁜 소식을 잘 듣고 전하세

황금빛 미래의 그날이 오고 있음을.

늙은 수퇘지 메이저가 노래를 부르자 동물들은 온통 흥분하기 시작했다. 그가 노래를 끝내기도 전에 벌써 몇몇 동물들은 노래를 따라 부르고 있었다.

가장 머리가 나쁜 동물들도 벌써 몇 마디 정도는 익혔고, 돼지나 개들처럼 영리한 동물들은 몇 분 안 되어 노래 전부를 외웠다.

그러고 나서 몇 번 연습을 한 다음 동물들은 농장 전체가 떠나갈 듯이 큰 소리로 노래를 합창했다. 암소들은 음매애, 개들은 멍멍, 양들은 매애매애, 말들은 히이잉, 오리들은 꽥꽥거리며 다 같이 노래를 불렀다. 그들은 너무나 즐겁고 신이 나서 무려 다섯 번이나 계속해서 불렀는데, 아마 방해만 받지 않았더라면 밤새도록 불렀을 것이다.

그런데 불행하게도 이 소동으로 인해 존스 씨가 잠에서 깨어났다. 여우가 마당에 들어온 것으로 생각한 존스 씨는 침실 구석에 세워 둔 총을 집어 들었다. 그러고는 밖으로 뛰어나와 어둠을 향해 탕탕탕…… 총을 여섯 발이나 쏘아 댔다.

그가 쏜 총알들은 창고 벽에 날아가 박혔고, 그때문에 동물들의 모임은 순식간에 아수라장이 되어 버렸다. 놀란 동물들은 서둘러 자기 잠자리로 뛰어가느라 야단법석이었다. 날짐승들은 횃대로 날아갔고, 다른 동물들은 짚단 위로 몸을 뉘었다.

메이너 농장은 순식간에 깊은 잠속으로 빠져들었고, 아무 일도 없었던 것처럼 조용해졌다.

메이너 농장을 빼앗은 동물들

사흘 뒤, 늙은 메이저는 잠을 자다가 조용히 숨을 거두었다. 그의 시체는 과수원 아래에 묻혔다.

그 뒤 메이너 농장에는 변화의 조짐이 일기 시작했다. 석 달 동안 비밀리에 활동이 전개되고 있었던 것이다. 메이저가 죽기 전 동물들에게 했던 연설은 충격적이었다. 농장 안에 살고 있는 똑똑한 동물들에게 새로운 삶의 의미를 일깨워 주었기 때문이다.

그들로서는 메이저가 예언한 그 반란이 언제 일어날지도, 또 그들이 살아 있는 동안에 일어날 것이라는 확신도 없었다. 하지만 그 반란을 준비하는 일이 자기들이 해야 할 의무라는 생각은 분명히 하고 있었다. 그리하여 다른 동물들을 가르치고 조직을 만드는 일은 돼지들의 몫이 되었다. 동물들 중에서는 그래도 돼지가 제일 똑똑하다고 여겨졌기 때문이었다.

돼지들 중에서도 가장 뛰어난 지도자감은 스노볼과 나폴레옹이었다. 이들은 존스 씨가 내다 팔기 위해 특별히 길러 온 돼지였다. 나폴레옹은 몸집이 크고 얼굴이 좀 험상궂어 보이는 버크셔종 수퇘지였다. 그는 말솜씨는 별로 없는 편이었으나 고집이 있고 자기 뜻을 힘 있게 밀고 나간다는 평을 듣고 있었다. 이에 비해 스노볼은 나폴레옹보다 활달하고 말솜씨와 재주도 꽤 있는 편이나 박력이 약한 것으로 알려져 있었다. 그 밖의 돼지들은 모두 식용으로 기르는 것들이었다.

그 가운데서 이름이 널리 알려진 스퀄러라는 돼지는 다른 돼지에 비해 몸집이 작고 통통했으며 둥근 볼에 반짝이는 눈을 갖고 있는 것이 특징이었다. 뿐만 아니라 빠른 동작과 날카로운 목소리도 갖고 있었다. 그는 말솜씨가 뛰어난 웅변가였다. 뭔가 어려운 문제를 이야기할 때에는 왔다갔다하며 꼬리를 흔들어 대는 버릇이 있었는데, 오히려 그게 설득력이 있어 보이기도 하였다. 다른 동물들은 대부분 그런 그의 말솜씨에 넘어가 스퀄러라면 검은 것도 하얗게 바꿀 수 있을 거라고 믿었다.

나폴레옹, 스노볼, 그리고 스퀄러, 이 세 마리의 돼지가 메이저의 가르침을 정리하여 완전한 하나의 사상으로 세우고, '동물주의'라는 이름을 붙이기에 이르렀다. 1주일에도 몇 번씩 그들은 존스 씨가 잠든 밤을 틈타 창고에서 비밀 회의를 갖고 다른 동물들에게 '동물주의' 이념을 가르쳤다.

물론 처음 얼마간은 어려움을 겪었다. 무엇보다도 다른 동물들의 시큰둥한 반응과 어리석음 때문이었다.

"존스 주인님에게 충성을 다하는 것이 우리의 의무요."

"우리를 먹여 주고 길러 주는 분은 존스 씨가 아니오?"

"그가 없으면 우린 곧 굶어 죽을 것이오."

일부 동물들은 농장 주인 존스 씨에 대해 '충성'이라는 말까지 들먹이며 대들었다.

"죽고 나면 그만이지, 우리가 죽은 다음의 일까지 걱정해야 하오?"

"어차피 반란이 일어나게 되어 있다면, 우리가 준비하건 안 하건 무슨 차이가 있소?"

돼지들은, 그런 생각들이 바로 '동물주의'에 어긋난다는 것을 일깨워 주기 위해 진땀을 흘려야만 했다. 그 가운데서도 가장 어리석은 질문을 한 것은 암말 몰리였다.

"저—, 반란 후에도 설탕이 나올까요?"

정말이지 기가 막혀 말이 안 나올 지경이었다.

"아니오. 이 농장에는 설탕을 만드는 시설이 되어 있지 않소. 게다가 당신한테 설탕이 꼭 필요한 것도 아니잖소? 하지만 귀리와 건초는 당신이 원하는 대로 마음껏 먹을 수 있을 것이오."

스노볼은 단호하게 말했다.

"그럼, 그때도 내 흰 갈기에 빨간 리본을 매는 것은 괜찮겠지요?"

"동지, 당신이 그렇게 뽐내며 매달고 다니는 그 리본은 바로 노예의 표시란 말이오. 자유가 그 리본보다 더 소중하다는 것을 모르시오?"

기가 막힌 스노볼이 퉁명스럽게 쏘아붙였다.

몰리는 그제야 알았다는 듯 고개를 끄덕였지만 충분히 납득한 것 같지는 않았다.

돼지들은 까마귀 모지스가 퍼뜨리고 다니는 거짓말에 대응하느라 힘겨운 싸움을 벌여야 했다. 존스 씨가 길들여 특별한 사랑을 받고 있는 모지스는 첩자이자 고자질쟁이였지만 또한 뛰어난 이야기꾼이기도 했다.

"우리 같은 동물이 죽으면 어디로 가는지 알아? 바로 '슈가캔디 산'이야. 바로 사탕과자로 만들어진 산이지. 나는 그 신비한 나라에 대해 알고 있어. 슈가캔디산은 구름 너머 하늘 어딘가에 있단 말야. 슈가캔디산에서는 1주일이 모두 일요일뿐이고, 1년 내내 토끼풀이 자라며, 울타리에는 각설탕과 박하과자가 열려 있거든.”

모지스가 입을 열면 동물들은 귀를 쫑긋 세우고 그의 이야기에 폭 빠져들었다. 그들 중에는 실제로 슈가캔디산이 있다고 믿는 동물들도 더러 있었다. 그래서 돼지들은 그런 곳이란 있을 턱이 없다고 동물들을 설득하느라 애를 먹어야 했다.

돼지들의 가장 충실한 제자는 수레를 끄는 말인 복서와 클로버였다. 이들은 무언가를 스스로 생각해 내는 일을 매우 어려워했다. 그렇지만 돼지들을 스승으로 인정하고 나서는 그들의 가르침을 잘 받아들이고, 그것을 다른 동물들에게 잘 전했다. 그들은 창고에서의 비밀 회의에 빠지는 일이 없었으며, 회의가 끝날 때면 언제나「영국의 동물들」을 함께 씩씩하게 부르기도 했다.

그런데 메이저가 예언했던 그 반란이 생각보다 훨씬 빨리 일어났다. 그리고 생각보다 아주 싱겁게 끝나고 말았다. 존스 씨는 비록 동물들에게는 모질게 대한 편이었지만 사실 능력 있는 농장 주인이었다. 그런데 요즈음 그에게 여러 가지 불행한 일들이 겹쳐 일어나고 있었다. 특히 소송 문제에 걸려 재판에 지고 돈을 날린 뒤부터는 몸을 망칠 정도로 술을 마셔 댔다. 여러 날 동안을 그는 부엌의 의자에 앉아 빈둥거리며 신문이나 뒤적이다가 또 술을 마시고, 이따금 맥주에 적신 빵 조각을 까마귀 모지스에게 먹이곤 했다.

그러자 농장의 일꾼들은 게을러져 일을 하지 않았고, 밭에는 잡초가 무성해졌다. 지붕에서는 물이 새고 울타리가 허물어져 갔지만 아무도 손을 대는 사람이 없었다. 그러니 동물들에게도 먹을 것이 제대로 돌아가지 않았다.

건초용 풀을 베어야 할 6월이었다. 성 요한 축제 전날인 토요일, 존스 씨는 윌링던에 갔다가 레드 라이온 주막에서 술을 너무 많이 마셔 일요일인 다음 날 한낮까지도 농장으로 돌아오지 못했다. 일꾼들은 아침 일찍 암소 젖을 짠 다음, 동물들에게 먹이도 주지 않은 채 토끼 사냥을 나가 버렸다.

한낮이 지나 존스 씨가 돌아오긴 했지만 그도 오자마자 응접실로 들어가 소파에 벌렁 드러누운 채 신문으로 얼굴을 덮고 잠들어 버렸다.

저녁때가 되도록 동물들은 아무것도 얻어먹지 못했다.

"이럴 수 있는 거야?"

"도저히 참을 수 없어."

"굶어 죽기 전에 뭔가 살 길을 찾자고!"

동물들은 더 이상 참을 수가 없어 웅성거리기 시작했다. 암소 한 마리가 먼저 뛰쳐나가 뿔로 곡식 창고의 문을 부수고 들어갔다. 그러자 다른 동물들도 뒤따라 들어가 허겁지겁 굶주린 배를 채우기 시작했다.

존스 씨가 잠이 깬 것은 그때였다.

'이게 무슨 소리야?'

존스 씨는 곧 사태를 알아차렸다. 그리고 남아 있던 다른 일꾼들과 함께 창고로 달려가 동물들에게 마구 채찍을 휘둘러 댔다.

"이 못된 놈들! 이게 뭐하는 짓이야?"

존스 씨는 화가 치밀어올라 채찍을 휘두르며 소리를 고래고래 질렀다. 채찍에 맞은 동물들은 화가 나서 견딜 수가 없었다. 굶주리게 해 놓고서 이제 와 채찍을 휘두르다니……. 동물들은 마치 약속이나 한 듯이 인간들에게 일제히 덤벼들었다. 예전 같으면 상상도 못할 일이었다.

존스 씨와 일꾼들은 갑자기 덤벼드는 동물들을 보고 깜짝 놀랐다. 그들은 피할 사이도 없이 동물들의 뿔에 받히고 발에 걸어채였다. 농장 안에서는 걷잡을 수 없는 사태가 벌어지고 있었다. 존스 씨와 일꾼들은 동물들이 집단으로 이렇게 반항하는 것을 본 일이 없었다. 지금까지 마음대로 채찍을 휘두르며 부려먹었던 동물

들이 이처럼 대드는 것을 보고 기가 질릴 지경이었다. 그들은 잠
시 채찍을 휘두르며 동물들과 맞서 보다가 사태가 심상치 않자 이
내 꽁무니를 빼고 도망치기 시작했다. 그들 다섯 명은 큰길로 이
어지는 마찻길을 따라 허둥지둥 도망쳤고, 동물들은 의기양양하

게 그들의 뒤를 쫓았다.

존스 씨의 부인은 침실 창문으로 이 광경을 내다보고 있었다. 사태가 심상치 않음을 깨닫자 그녀는 허겁지겁 여행 가방에 몇 가지 소지품만 챙겨 넣고서는 급히 다른 길로 농장을 빠져나갔다. 까마귀 모지스는 횃대를 차고 올라 까륵까륵 울어 대며 존스 부인을 따라 날아갔다.

한편 동물들은 존스 씨와 일꾼들을 큰길까지 쫓아 버리고는 농장으로 돌아와 빗장이 다섯 개나 되는 큰 문을 꽝 닫아 버렸다. 그리하여 자기들도 알지 못하는 사이에 반란은 성공을 거두게 되었다. 농장 주인인 존스 씨는 쫓겨나고, 이제 메이너 농장은 그들의 것이 되었다.

"만세! 우리가 이겼다!"

"이제 농장은 우리들의 것이다!"

동물들은 기뻐서 어쩔 줄을 몰랐다. 잠시 얼마 동안은 동물들도 자신들에게 갑작스럽게 찾아온 행운이 믿어지지 않았다. 그들이 맨 먼저 한 일은 모두 하나가 되어 농장 주위를 한 바퀴 돌아보는 것이었다. 마치 농장 안에 한 명의 인간이라도 남아 있지 않다는 것을 확인하려는 듯이..

그런 다음 그들은 농장으로 되돌아와 존스 씨에게 지배당했던 흔적들을 말끔히 씻어 내기 시작했다.

마구간 한쪽 끝에는 각종 도구들이 들어 있는 창고가 하나 있었다. 그들은 그 창고를 부수고 들어가 재갈, 코뚜레, 개사슬과 돼지나 양을 거세하는 데 사용해 왔던 잔인한 칼 등을 모두 꺼내 우물속에 처넣었다. 고삐, 굴레, 눈가리개, 꼴망태 등은 안뜰의 쓰레기를 태우는 불더미 속으로 던져 넣었다. 채찍도 마찬가지였다. 채찍이란 채찍이 모두 불길에 휩싸이는 것을 보자 동물들은 기쁨에 겨워 껑충껑충 뛰어다녔다.

스노볼은 장날마다 말갈기나 꼬리에 달던 리본을 불속에 던져 버리며 입을 열었다.

"리본은 인간의 표시인 의복이나 다름없습니다. 동물이라면 당연히 옷을 입지 않고 벌거벗은 채로 살아야 합니다."

이말을 들은 복서는 여름이면 귓가에 몰려드는 파리를 막기 위해 썼던 작은 밀짚 모자를 가져와 다른 것과 함께 불속에 던져 버렸다.

이렇게 하여 동물들은 존스 씨를 생각나게 하는 모든 물건들을 죄다 없애 버렸다. 나폴레옹은 동물들을 데리고 창고로 갔다. 그리고 그들이 평소 받았던 분량의 두 배나 되는 옥수수를 나누어 주었다. 개들에게는 비스킷 두 개씩을 나누어 주었다. 그런 다음 그들은 「영국의 동물들」이란 노래를 처음부터 끝까지 일곱 번이나 불러 댔다.

그러는 사이 농장에 밤이 찾아왔다. 동물들은 각자 자기 자리로 돌아가 잠자리에 들었다. 그것은 지금까지 한 번도 느껴 보지 못했던 아주 편안한 잠이었다.

다음 날 새벽이 되자 동물들은 다른 때와 마찬가지로 잠이 깼다. 그리고 문득 어제 있었던 영광스런 일을 기억해 내고는 모두 목장으로 달려갔다. 목장을 조금 지난 곳에 농장 전체를 한눈에 내려다볼 수 있는 언덕이 있었다. 동물들은 그 언덕 위로 달려 올라가 맑은 아침 햇살을 받으며 사방을 휘휘 둘러보았다.

'와아―, 이 농장은 모두 우리들의 것이다.'

동물들은 벅차 오르는 감정을 참지 못하고 이리저리 뛰어다녔다. 이슬에 젖은 풀밭에 몸을 굴리기도 하고, 여름날 아침의 싱싱한 풀을 한 입씩 뜯어 먹기도 하고, 검은 흙덩이를 발로 차며 흙 냄새를 물씬 맡기도 했다. 그들은 꿈인지 생시인지 모를 감동에 젖어 풀밭과 목초지와 과수원, 연못, 덤불로 우거진 숲을 계속해서 돌아다녔다.

이윽고 그들은 줄을 지어 농장 건물로 돌아와 농장 주인이었던 존스 씨의 집 앞에 멈추어 섰다. 이제 이 집도 그들의 것이 되었다. 그런데 이상한 일이었다. 왠지 누구도 선뜻 집 안으로 들어가지 못했다. 잠시 후 스노볼과 나폴레옹이 앞장서 어깨로 현관문을 열자 동물들은 한 줄로 서서 안으로 들어갔다. 그들은 아무것도 망가뜨리지 않도록 조심해서 걸어다녔다. 말소리도 작게 소곤소곤거리며 집안을 둘러보았다. 깃털로 만든 매트리스가 있는 침대, 큰 거울, 말총으로 만든 소파, 브뤼셀 융단, 거실의 벽난로 위에 걸린 빅토리아 여왕의 석판 초상화 등 사치스런 물건들이 눈에 들어왔다.

그들은 계단을 내려가다가 암말 몰리가 보이지 않는 것을 알게 되었다. 되돌아가 보니 몰리는 아직도 존스 씨의 침실에 남아 있었다. 그녀는 존스 부인이 쓰던 화장대에서 푸른 리본을 꺼내 자기 어깨에 대보고는 거울에 비친 자신의 모습을 감상하고 있는 중이었다.

"도대체 거기서 무얼 하고 있는 것이오?"

동물들은 화를 벌컥 내며 그녀를 꾸짖은 다음 밖으로 나왔다. 그들은 부엌에 매달린 몇 개의 돼지고기 햄을 꺼내 땅에 묻고, 조리대 위의 맥주통은 복서가 발굽으로 차서 깨 버렸다. 그 밖에 다른 물건들은 그대로 놓아 둔 채 손도 대지 않았다.

"존스 씨의 집을 어떻게 하면 좋겠소?"

"박물관으로 씁시다."

"이 집에는 아무도 살아서는 안 됩니다."

"그렇소. 그런 점에서 박물관으로 보존하는 것이 제일 좋은 것 같소."

존스 씨의 집을 박물관으로 보존하자는 의견이 만장일치로 결정되었다.

아침 식사를 한 뒤, 돼지 스노볼과 나폴레옹이 다시 동물들을 소집했다.

"동지 여러분!"

스노볼이 모인 동물들을 향해 크게 소리쳤다.

"지금 시각이 6시 반입니다. 아직도 긴 하루가 온전히 남아 있습니다. 잘 아시다시피 오늘 건초 수확을 해야 합니다. 그러나 그보다 먼저 해야 할 일이 하나 있습니다."

그들은 존스 씨 아이들이 쓰다 버린 낡은 철자법 책을 쓰레기장에서 주워 지난 석 달 동안 글자를 익혔다고 밝혔다. 나폴레옹은 검은색과 흰색의 페인트 통을 가져오게 한 다음, 그것을 가지고 다같이 빗장 다섯 개가 걸린 큰길 쪽의 농장 정문으로 향했다. 글씨를 잘 쓰는 스노볼이 앞발의 발톱 사이에 붓을 끼고 문짝 맨 위의 빗장에 씌어진 '메이너 농장'이라는 글자를 지운 다음 '동물 농장'이라고 고쳐 써 넣었다. 새 농장의 이름이 지어진 것이다.

동물들은 다시 농장 건물로 돌아왔다. 스노볼과 나폴레옹은 사다리를 가져오게 한 다음 그것을 창고 한쪽 벽에 세워 놓았다.

"동지 여러분, 우리는 지난 석 달 동안의 연구 끝에 동물주의 원칙을 일곱 가지 계명으로 요약하여 정리했습니다. 이제 이 일곱 계명을 벽에 써 놓을 것입니다. 이것은 동물 농장의 모든 동지들이 앞으로 살아가면서 지켜야 할 약속이자 법입니다."

돼지들은 동물들을 향해 소리쳤다. 그리고 스노볼이 조심스럽게 사다리를 타고 올라갔다. 사람처럼 사다리를 타는 일이 쉽지 않아 무척이나 애를 먹으며 일곱 계명을 쓰기 시작했다. 스퀼러가 몇 계단 아래에서 페인트 통을 들어 주었다. 일곱 계명은 검은 타르를 칠한 벽에 흰 글자로 크게 쓰여졌기 때문에 멀리 떨어진 곳에서도 읽을 수가 있었다. 일곱 계명은 다음과 같았다.

〈 일곱 계명 〉

1. 두 발로 걷는 자는 모두 우리의 적이다.

2. 네 발로 걷거나 날개를 가진 자는 우리의 동지다.

3. 어떤 동물도 옷을 입어서는 안 된다.

4. 어떤 동물도 침대에서 자서는 안 된다.

5. 어떤 동물도 술을 마셔서는 안 된다.

6. 어떤 동물도 다른 동물을 죽여서는 안 된다.

7. 모든 동물은 평등하다.

써 놓고 보니 아주 깔끔했다. 글자도 틀린 것이 없이 정확했다. 스노볼이 다른 동물들을 위해 큰 소리로 읽어 주었다. 동물들은 모두 고개를 끄덕였고, 머리 좋은 동물들은 벌써 일곱 계명을 다 외우기 시작했다.

스노볼이 붓을 놓으며 소리쳤다.

"자, 동지 여러분! 이제 목초지로 갑시다. 존스 씨와 그의 일꾼들보다 더 빠르게 건초를 거두어 우리의 명예를 높입시다."

그 순간 지금까지 엉거주춤하게 서 있던 암소 세 마리가 커다란 소리로 '음매-'하고 울었다. 그들은 24시간 동안이나 젖을 짜지 않았기 때문에 젖이 불어서 터질 것 같은 상태였다.

돼지들은 잠시 생각하더니 양동이를 가져오게 해서는 꽤 익숙한 솜씨로 암소의 젖을 짜 주었다. 돼지의 앞발은 젖을 짜는 데 알맞게 되어 있어 젖 짜는 일은 그리 어렵지 않았다. 다른 동물들이 지켜보는 가운데 젖 짜는 일은 매우 흥미진진하게 계속되었다. 순식간에 다섯 개의 양동이에 우유가 가득했다.

"이렇게 많은 우유를 다 어떻게 하지요?"

누군가가 걱정이 되는 듯 물었다.

"존스 씨는 가끔 우리들 먹이에 그 우유를 조금씩 섞어 주곤 했어요."

암탉 하나가 끼어들며 말했다.

그러자 나폴레옹이 양동이 앞으로 나서며 소리쳤다.

"동지 여러분, 우유 걱정일랑은 하지 마시오. 그보다는 건초를 거둬들이는 일이 더 급합니다. 스노볼 동지가 앞장설 것입니다. 자, 동지들! 모두 나갑시다. 풀밭이 우리를 기다리고 있습니다."

그리하여 동물들은 다시 줄을 지어 목초지로 향했다. 그리고 힘을 모아 건초를 거둬들이기 시작했다. 그들이 우유가 없어진 것을 알게 된 것은 목초지에서 돌아온 저녁 무렵이었다.

동물 농장의 새로운 생활

　그날 하루, 동물들은 건초를 거둬들이기 위해 땀을 뻘뻘 흘리며 열심히 일했다. 그런 덕분에 건초 수확량은 기대 이상으로 많았다. 일이 쉬운 것만은 아니었다. 농기구들은 동물들을 위해서가 아니라 인간들을 위해서 만들어진 것이므로, 두 다리로 서지 않고는 기구를 사용할 수 없다는 것이 동물들에게는 큰 약점이었다. 하지만 돼지들은 영리하였으므로 어려운 일이 생길 때마다 지혜롭게 그 해결 방법을 찾아냈다. 말들은 밭의 구석구석을 훤히 꿰고 있어서 풀을 베어 거두는 일은 존스 씨나 그의 일꾼들보다 훨씬 잘했다.

　돼지들은 직접 일을 하지는 않고 주로 다른 동물들을 지도하고 감독하는 일을 맡았다. 그들은 실제로 아는 게 많았기 때문에 지휘하는 일을 맡는 것이 지극히 당연한 일이었다. 복서와 클로버는 풀 베는 기구나 써레를 몸에 붙들어 매고 들판을 돌아다녔다. 이제는 예전처럼 재갈이나 고삐가 필요 없었다. 대신 돼지 한 마리가 뒤를 쫓아다니면서,

"이랴, 동지 위쪽으로! 워워워, 뒤로 뒤로!"

하면서 방향을 지휘했다. 제일 힘이 약한 동물들도 모두 건초를 뒤집고 모으는 일을 도왔다.

"우리도 할 수 있어. 도와줄게."

오리와 암탉까지도 뜨거운 뙤약볕 아래서 부리로 부지런히 건초를 물어 날랐다.

마침내 동물들은 존스 씨와 그의 일꾼들이 걸렸던 시간보다 이틀이나 빨리 건초를 거둬들이게 되었다. 게다가 건초의 양도 지금까지 농장이 생긴 뒤로 가장 많은 수확이었다. 남기거나 흘린 것도 없었다. 암탉과 오리들이 하나도 남기지 않고 다 주워 모았기 때문이었다. 또한 어떤 동물도 몰래 훔쳐 먹지 않았다.

작업은 그렇게 여름 내내 진행되었다. 동물들은 말할 수 없이 행복했다. 땀 흘려 일한 뒤에 먹는 음식들이 그렇게 맛있고 기쁠 수가 없었다. 그것은 주인으로부터 얻어먹는 것이 아니라, 자신들을

위해 자신들 스스로가 준비한 것이기 때문이었다. 아무짝에도 쓸모 없는 인간들이 사라지고 나자 동물들 각자에게 돌아가는 식량은 더 많아졌다. 그뿐이 아니었다. 일찍이 맛보지 못했던 여가 시간도 많이 갖게 되었다.

하지만 그들은 많은 어려움에 부닥쳤다. 이를테면 가을이 되어 곡식을 거둬들일 때 농장에는 곡식을 터는 탈곡기가 없었기 때문에 옛날처럼 일일이 발로 밟아서 낟알의 껍질을 벗기고, 후후- 불어서 왕겨를 날려 보내야만 했다. 그러나 돼지들의 지혜와 복서의 놀라운 힘으로 이런 어려움은 곧 해결되어 나갔다.

복서는 모든 동물들에게 칭찬받는 존재였다. 그는 존스 씨 밑에서도 열심히 일하는 동물로 소문나 있었지만 요즘은 마치 세 마리 몫의 일을 혼자 하는 것처럼 보였다. 농장의 모든 일이 그의 두 어깨에 달려 있는 것처럼 생각되었다.

"다른 동지들보다 30분 먼저 깨워 달라고."

그는 젊은 수탉에게 늘 그렇게 부탁하곤 했다. 그리고 하루 일과가 시작되기 전에 가장 중요하다고 생각되는 일부터 찾아서 스스로 처리해 나갔다. 어려운 문제나 곤란한 일에 부닥칠 때마다,

"내가 조금 더 일하자."

라고 입버릇처럼 중얼거렸다. 그는 사실 이 말을 자신의 좌우명

으로 삼고 있었다.

그러나 대부분의 동물들은 각자의 능력에 맞게 일을 했다. 예를 들면 암탉이나 오리들은 곡식을 거둘 때 떨어진 이삭을 주워 모아서 양을 늘렸다. 식량을 도둑질하는 동물도 없었으며, 식량 배급이 적다고 불평을 하는 동물도 없었다. 예전에는 그런 일 때문에 싸우거나 물어뜯거나 질투하는 일이 많았지만 지금은 거의 자취를 감추었다. 누구 하나 자기 일을 소홀히 하거나 게으름을 피우지 않았다.

암말 몰리는 아침에 일찍 일어나는 일이 잘 되지 않았다. 또한 발굽에 돌이라도 끼었을 때는 그걸 구실로 삼아 일을 하지 않으려는 버릇이 있었다. 또 고양이의 행동도 어딘가 이상한 구석이 보이긴 했다. 할 일이 있을 때마다 사라지곤 했으니까. 그러다가 식사 때가 되거나 일이 끝날 무렵에야 아무렇지도 않게 나타나곤 했다. 그때마다 고양이는 항상 그럴듯한 변명을 늘어놓았고, 목에서 가르랑거리는 소리를 내며 진실 어린 눈빛으로 말을 했기 때문에 믿지 않을 수 없었다.

나이 많은 당나귀 벤자민은 농장의 반란 이후에도 전혀 달라진 데가 없었다. 그는 존스 씨가 있을 때와 마찬가지로 느릿느릿 고집스런 방식으로 일을 했다. 그는 맡겨진 일을 피하려 하지도 않앉지만, 다른 일이 생겼을 때 자발적으로 나서서 하려고 하지도 않았다. 또한 동물들의 반란에 대해서도 일체 말을 하지 않았다.

"존스 씨가 없어졌으니 이전보다 더 행복하지 않소?"

하고 누군가 물으면 그의 대답은 늘 이랬다.

"당나귀는 오래 산다네. 자네들은 죽은 당나귀를 본 적 있는가?"

농장 동물들은 당나귀의 이 아리송한 대답에 고개만 갸우뚱할 뿐이었다.

일요일에는 모두 쉬었다. 아침 식사는 평상시보다 한 시간 늦추고 식사 뒤에는 매주마다 거행되는 의식이 있었다. 그 첫 번째는 깃발을 올리는 것이었다. 깃발은 존스 부인이 쓰던 낡은 녹색 테이블보였다. 스노볼이 그것을 발견하여 거기에 흰색으로 발굽과 뿔을 그렸다. 동물들은 이 깃발을 일요일 아침마다 농장 뜰에 있는 게양대에 걸었다. 스노볼이 설명하기를, 깃발의 녹색은 영국의 푸른 들판을 의미하고, 발굽과 뿔은 인간이 완전히 멸망한 뒤 생길 미래의 동물 공화국을 의미한다고 했다.

깃발 게양식이 끝나면 동물들은 회의에 참석하기 위해 커다란 창고로 모두 모였다. 여기서 그들은 다음 주의 작업 계획을 세우고, 안건을 내놓아 토론하기도 했다. 회의에서 안건을 내놓는 동물은 언제나 돼지들이었다. 다른 동물들은 투표는 할 줄 알았지만, 스스로 안건을 생각해 내지는 못했다.

돼지 스노볼과 나폴레옹은 가장 활발하게 의견을 내놓고 토론을 벌였다. 그런데 이상하게도 둘의 의견은 서로 일치한 적이 거의 없었다. 어느 한쪽이 의견을 제안하면 다른 한쪽은 언제나 반대를 했다. 예를 들면 이런 것이었다.

"나이가 많아 일을 못 하게 되는 동지들에게는 남은 여생을 편안히 보낼 수 있도록 과수원 뒤의 작은 목장을 휴양지로 쓰게 하는 것이 좋을 듯싶소."

스노볼이 새로운 의견을 내놓았다.

"그거 참 좋은 생각이오. 거기라면 편안히 지낼 수 있을 것이오."

다른 동물들이 모두 고개를 끄덕이며 찬성을 했다.

"그럼 몇 살을 은퇴 나이로 결정한단 말이오? 그건 매우 어려운 일인 것 같소."

나폴레옹이 딴죽을 걸고 나왔다. 그러자 동물들은 웅성거리며 고개를 갸우뚱거렸다. 은퇴 나이를 두고 동물들은 서로 엇갈린 의견을 내놓아 회의가 시끄럽게 되었다. 그러다 보니 시간만 갔다.

회의가 끝나면 동물들은 언제나 「영국의 동물들」을 합창하였고,

오후에는 오락과 휴식 시간이 주어졌다.

돼지들은 마구간을 자기들의 본부로 삼았다. 저녁을 먹고 나면 이곳에 모여 대장간 일이며 목공 일, 그리고 기타 필요한 기술들을 익히느라 존스 씨의 방에서 가지고 나온 책들을 펴 놓고 공부했다. 스노볼은 또 다른 동물들을 모아 이른바 '동물 위원회'를 만드느라 바빴다. 그는 이 위원회 안에 글을 읽고 쓰는 학습반을 만드는 것 말고도 암탉들을 위한 '달걀 생산 위원회', 암소들을 위한 '꼬리 청결 동맹', 들쥐와 토끼들을 길들이기 위한 '야생 동물 재교육 위원회', 양들을 위한 '흰털 생산 운동' 등의 여러 위원회와 동맹들을 만들었다.

그러나 대부분 이런 계획들은 실패하고 말았다. 예컨대 '야생 동물 재교육 위원회'에서 야생 동물을 길들이려는 시도가 그랬다. 쥐와 토끼들은 교육을 받은 이후에도 전과 다름없는 행동을 하였고, 조금 너그럽게 대해 주면 버릇없이 마구 기어오르려 했다.

고양이는 재교육 위원회에 참가하여 처음 며칠 동안은 매우 적극적으로 활동했다. 어느 날 고양이는 지붕 위에 올라앉아 저만큼 떨어져 있는 참새들에게 말을 걸었다.

"참새 동지들, 안녕하시오? 우리 모두는 이제 한 동지가 되었소. 어느 누구도 당신들을 괴롭히지 않을 것이오. 당신들이 원한다면 지금 날아와서 내 발등에 와 앉아도 좋소."

고양이의 말은 부드러웠지만 참새들은 어느 누구도 날아와 고양이 발등에 앉지 않았다.

그러나 읽고 쓰는 학습반은 대성공을 거두고 있었다. 그래서 가을 무렵에는 농장에 있는 동물들 거의 대부분이 어느 정도 글을 읽고 쓸 수 있게 되었다.

돼지들은 이미 글을 읽고 쓰는 수준이 대단했다. 개들은 읽기는 잘하는 편이었는데, 일곱 계명 외에 다른 것을 읽는 데는 별로 관심이 없어 보였다. 염소 뮤리엘은 개들보다 읽는 솜씨가 한 수 위였다. 그는 가끔 쓰레기더미에서 주워 온 신문지를 들고는 다른 동물들에게 읽어 주기도 했다. 당나귀 벤자민은 돼지 못지않게 잘 읽을 수 있었지만 자기 실력을 한 번도 제대로 발휘해 본 적이 없었다. 자기가 알기로는 읽을 만한 것이 없다는 얘기였다. 클로버는 알파벳을 익히긴 하였으나 그것을 단어로 이을 줄은 몰랐다.

복서는 좀 엉터리였다. 알파벳의 디(D)까지는 익혔지만 더 이상 진도를 나가지 못했다. 그는 커다란 발굽으로 땅 위에 에이(A), 비(B), 시(C), 디(D)를 써 놓고는 다음 글자를 생각해 내려고 무진 애를 썼지만 끝내 실패하고 말았다. 이(E), 에프(F), 지(G), 에이치(H)까지도 여러 번 배웠으나 에이비시디(ABCD) 네 자를 외고 나면 항상 그 다음 글자를 생각해 내지 못하였다. 마침내 그는 에이비시디(ABCD) 네 글자만으로 만족하기로 하고, 그거라도 안 잊어버리기 위해 매일 한두 번씩 땅바닥에 써 보았다.

흰 암말 몰리는 자기 이름에 들어가는 알파벳 여섯 글자(Mollie) 말고는 더 배우려 하지를 않았다. 그녀는 작은 나뭇가지들로 자기 이름을 맞춰 놓고 꽃장식까지 한 다음 그 주위를 빙빙 돌면서 기분 좋은 듯 감상했다.

그 밖의 다른 동물들은 알파벳 첫 글자인 에이(A) 자 이상을 배우지 못했다. 양이나 암탉, 오리 같은 머리가 둔한 동물들의 경우는 일곱 계명조차 외우지 못하고 있었다. 스노볼은 생각 끝에 일곱 계명을 한 마디로 요약할 수 있다고 가르쳤다.

"일곱 계명을 간단히 줄이면 '네 발은 좋고, 두 발은 나쁘다.'라고 할 수 있소. 이 말 속에 동물주의의 기본 원리가 다 포함되어 있단 말이오. 누구든 이 원리를 깨닫기만 하면 인간의 영향을 받지 않을 것이오."

스노볼의 말에 동물들은 고개를 끄덕였다. 그런데 새들이 언짢은 얼굴로 이의를 제기했다.

"그 말에 우리는 동감하지 않습니다. 어째서 두 발은 모두 나쁘다는 것입니까? 그러면 우리 같은 새들은 어떻게 되는 겁니까?"

스노볼은 깜짝 놀라 눈이 휘둥그레졌다가 얼른 대답했다.

"도— 동지 여러분, 제 말을 잘 들어 보시오. 새의 날개는 날기 위한 몸의 기관입니다. 나쁜 짓을 하려는 도구가 아니지요. 그러니까 새의 날개는 다리로 봐야 합니다. 인간을 보시오. 인간의 특징은 손입니다. 그 손은 온갖 못된 짓을 하는 그들의 도구랍니다. 그러니까 제 말은 새도 네 발입니다."

스노볼의 긴 설명을 얼른 이해하기는 어려웠지만 새들은 일단 그의 말을 받아들이기로 하고 더 이상 문제삼지 않았다.

그래서 머리가 좀 둔한 동물들은 일곱 계명을 요약한 이 새로운 구호를 외우기 시작했다.

'네 발은 좋고, 두 발은 나쁘다!'

이 말은 일곱 계명을 쓴 벽 위쪽에 더 큰 글씨로 씌어졌다. 양들은 이 구호가 외기도 좋아 무척 마음에 들었다.

그들은 가끔 풀밭에 누워 '네 발은 좋고, 두 발은 나쁘다!' 하고 몇 시간씩 외쳐 댔다.

나폴레옹은 스노볼의 위원회에 대해서는 아무런 관심이 없었다. 그의 생각은 다 큰 동물들보다 어린 동물들을 가르치는 일이 훨씬 더 중요하다는 것이었다.

마침 건초를 거둬들인 직후에 암캐 제시와 블루벨이 토실토실한

새끼를 아홉 마리나 낳았다. 그런데 새끼들이 젖을 뗄 무렵 나폴레옹이 찾아왔다.

"제시와 블루벨, 새끼들이 많이 컸군요. 이제 젖을 뗄 때가 되지 않았소?"

"그렇잖아도 젖을 떼고 있는 중인데, 무슨 일로 찾아오셨는지요?"

제시와 블루벨은 조금 의아해서 나폴레옹을 올려다보며 물었다.

"다름이 아니고, 새끼들의 교육을 위해서입니다. 잘 아시다시피 교육은 어렸을 때 시켜야 합니다. 커서 교육을 시키면 늦지요. 그래서 내가 책임지고 교육을 시키려 합니다."

"하지만 이제 막 젖을 떼고 너무 어린데……."

"아닙니다. 지금이 딱 좋은 시기입니다. 교육시키기에 아주 좋은 때이지요."

"교육은 어디서 하나요?"

제시와 블루벨은 새끼들을 품에 안고 물었다.

"여기서는 안 되고 내가 데리고 가서 시킬 겁니다."

"데리고 간다고요?"

제시와 블루벨은 놀라 새끼들을 더 꼭 품에 안았다.

하지만 나폴레옹은 어린 새끼들을 어미 품에서 빼앗아 데려갔다. 그러고는 사다리가 있어야만 올라갈 수 있는 마구간 다락방에 강아지들을 데려다 놓았다. 다른 동물들과 따로 떼어 놓기 위해서 였다. 그래서 농장의 다른 동물들은 다락방에 강아지들이 갇혀 있다는 사실도 곧 잊어버리고 지내게 되었다.

아참, 지난번 암소에게서 짜낸 우유 이야기를 해야겠다. 한동안 동물들은 암소한테서 짜낸 우유가 감쪽같이 없어진 것을 궁금하게 여겼다. 그러나 그 궁금증은 금세 밝혀졌다. 돼지들이 자기들의 사료에 섞어 먹었던 것이다.

어느덧 과수원의 사과가 익기 시작했다. 바람에 떨어진 사과들이 여기저기 풀밭에 떨어져 나뒹굴었다. 동물들은 떨어진 사과를 보면서 입맛을 다셨다. 조금 있으면 떨어진 사과를 모아 공평하게 나누어 가질 것이라고 생각했다. 그러나 그게 아니었다.

"동지들, 과수원에 떨어진 사과들을 모두 모아서 마구간으로 가져오시오."

돼지들의 명령에 동물들은 투덜대기 시작했다.

"아니 이게 뭐야? 자기들만 먹으려고 하나?"

"우유도 자기들만 먹더니 이래도 되는 거야?"

불평을 해 보았지만 아무 소용이 없었다. 돼지들 모두가 찬성을 하였고, 지도자격인 스노볼과 나폴레옹도 당연한 것으로 여겼다.

말 잘하는 스퀼러가 다른 동물들을 설득하기 위해 파견되었다.

"동지 여러분, 여러분은 우리 돼지들이 어떤 특권 의식을 가지고 그러는 것이라 생각하지는 않겠지요? 우리들 중에는 사실 우유나 사과를 좋아하지 않는 돼지도 많습니다. 나 자신도 좋아하지 않습니다. 그럼에도 우리들이 우유와 사과를 먹는 이유는 건강을 유지하기 위해서입니다. 우유와 사과는 돼지들이 건강을 유지하는 데 절대적으로 필요한 물질들이 들어 있습니다. 우리 돼지들은 동지들보다 머리를 많이 쓰는 일을 하고 있습니다. 이 동물 농장의 경영과 관리는 전적으로 우리 돼지들에게 달려 있지요. 우리는 밤낮으로 여러분의 이익을 위해서 머리를 써야 합니다. 만약 우리가 그 일을 해내지 못한다면 무슨 일이 일어날지 생각해 보았소? 그렇게 되면 존스 씨가 다시 돌아올 것입니다."

스퀼러는 이리저리 돌아다니면서 호소하듯이 외쳤다.

"존스 씨가 돌아온다고? 그건 안 되지."

"안 되지. 안 되고말고."

동물들은 이렇게 한마디씩 했다.

"동지들 중에는 설마 존스 씨가 다시 돌아오기를 바라는 분은 없겠지요?"

스퀼러의 이말에 동물들은 모두 조용했다. 어떤 경우라도 존스 씨가 다시 돌아온다는 것만은 원치 않는 게 그들 모두의 일치된 생각이었다. 스퀄러의 설명을 듣고 보니 동물들로선 더 이상 할 말이 없게 되었다.

이제 돼지들이 건강을 지켜야 하는 이유는 분명하게 드러났다. 돼지들의 건강은 곧 농장 모든 동물들의 건강이나 다름없었다. 그래서 우유와 떨어진 사과를 돼지들만 먹는 것에 대해 어느 누구도 말할 수 없게 되었다.

전투에서 승리를 거두다

여름이 끝나갈 무렵, 동물 농장에 관한 소문은 꼬리에 꼬리를 물고 퍼져 나갔다. 스노볼과 나폴레옹은 날마다 비둘기들을 날려 보냈다. 이웃 농장의 동물들에게 동물 농장 소식을 전해 주기 위해서였다. 그뿐만 아니라 「영국의 동물들」이란 노래도 가르쳐 주게 했다. 그래서 인근의 많은 농장들은 동물 농장의 반란 소식을 알게 되었다.

그 무렵 농장에서 쫓겨난 존스 씨는 윌링던의 레드 라이언 술집에 틀어 박혀 지냈다. 그리고 자기의 이야기를 들어 주는 사람만 있으면 누구나 붙들고 떠들어 댔다.

"나는 메이너 농장의 주인이었소. 그런데 포악한 동물들에게 농장을 빼앗기고 그만 쫓겨났소이다. 이런 억울한 일이 세상에 어디 있습니까?"

다른 농장의 주인들은 그의 이야기를 듣고 동정은 했지만 별다른 도움을 주려고 하지 않았다. 오히려 그들은 존스 씨의 불행을 자기들에게 이롭도록 이용해 보려는 꿍꿍이속을 가지고 있었다.

동물 농장 근처에는 두 개의 농장이 있었다. 한 농장의 이름은 폭스우드였다. 폭스우드는 크고 넓은 구식 농장이었는데, 제대로 돌보지를 않아 대부분 나무들로 뒤덮이고 목장 전체가 황폐화되다시피 하였다. 그런데도 주인인 필킹턴 씨는 성격이 워낙 낙천적이어서 걱정거리라곤 없었고, 철따라 낚시와 사냥으로 세월을 보냈다.

또 다른 농장의 이름은 핀치필드였다. 크기는 폭스우드보다 좀 작았지만 관리가 아주 잘 되어 있었다. 주인인 프레데릭 씨는 똑똑하면서도 약삭빠르고 빈틈이 없어 보이는 사람이었다. 그는 1년 내내 항상 어떤 소송이든 연관되어 있었으며, 거래를 할 때에는 조금의 손해도 없이 자기한테만 유리하게 끌어가 평판이 그리 좋은 편은 아니었다.

두 농장의 주인들은 서로 앙숙이었다. 서로를 너무 싫어해서 사사건건 의견이 대립되고 일치되는 경우가 없었다. 그런데 이번 동물 농장에서 일어난 반란에 대해서만은 두 사람의 생각도 일치하는 점이 있었다. 동물 농장의 반란 소식이 자기들 농장의 동물들에게 알려질까 봐 무척이나 걱정을 했다.

"어떻게 그럴 수 있어? 동물들이 농장을 직접 운영을 한다고? 그런 바보 같은 이야기가 어디 있어? 정말 그렇다 해도 보름도 못 갈 거야."

그들은 처음에 그렇게 큰 소리를 뻥뻥 쳤다.

"메이너 농장의 동물들은 밤낮으로 싸움질만 하니 그들은 곧 굶어 죽게 될 것이오."

필킹턴과 프레데릭 씨는 없는 소문도 만들어 퍼뜨렸다. 그러나 시간이 흘러도 동물 농장의 동물들이 굶어 죽었다는 소식은 들려오지 않았다. 그러자 두 사람은 말을 바꾸어 또 다른 소문을 퍼뜨렸다.

"지금 메이너 농장에서는 끔찍한 일들이 벌어지고 있답니다. 동물들끼리 서로 잡아먹는가 하면, 불에 벌겋게 달군 쇠발굽으로 서로를 고문한다고 합니다. 자연의 질서를 깨뜨리고 반란을 일으켰으니 그렇게 될 수밖에요."

그러나 이런 소문도 별로 소용이 없었다. 그보다는 오히려 동물들이 인간을 내쫓고 농장을 멋지게 운영하고 있다는 소문이 조금씩 과장되어 온 나라로 퍼져 나갔다. 그때문에 시골 농장에서는 1년 내내 반란의 기운이 감돌았다. 말을 잘 듣던 황소들이 갑자기 사나워지고, 순하기만 하던 양 떼들은 울타리를 무너뜨리고 넘어와 토끼풀을 모두 먹어 버렸다. 또한 암소들은 우유통을 걷어차 버렸으며, 사냥말들은 울타리 뛰어넘기를 거부하고 등에 태운 사람을 담장 밖으로 내동댕이치기도 했다.

무엇보다도 「영국의 동물들」이란 노래는 각지로 빠르게 퍼져 나갔다. 인간들은 그 노래를 들을 때마다 비웃으며 코웃음을 쳤지만 마음속으로는 분노를 참지 못하고 있었다.

'뭐 이 따위 노래가 다 있어!'

그들은 쓰레기만도 못한 노래라고 투덜댔다. 이 노래를 부르다 들킨 동물은 그 자리에서 채찍으로 매질을 당했다. 그러나 노래를 못 부르게 막을 수는 없었다. 산새들은 울타리에 앉아 이 노래를 불렀고, 비둘기들은 느릅나무에 올라앉아 꾸우꾸우거리며 불러 댔다. 인간들은 노래를 들을 때마다 몸을 부르르 떨었다. 그 노래 속에서 자신들의 미래 운명이 보이는 것 같았기 때문이었다.

10월 초, 곡식을 거둬들여 쌓고 일부는 타작을 하고 있을 때였다. 한 떼의 비둘기들이 동물 농장으로 날아들었다. 비둘기들은 무척이나 흥분되고 다급한 목소리로 외쳤다.

"큰일 났어요. 인간들이 오고 있어요!"

동물들이 깜짝 놀라 달려나왔다. 비둘기들은 존스 씨와 그의 일꾼들이 폭스우드 농장과 핀치필드 농장에서 온 여섯 명의 다른 남자들을 데리고 농장으로 올라오고 있다고 전했다.

"그들은 모두 몽둥이를 들었고, 앞장서서 오는 존스 씨는 총을 들었어요."

비둘기들의 말에 동물들의 얼굴에는 긴장의 빛이 감돌았다. 인간들이 농장을 되찾으려고 오는 것이 분명했다.

그러나 동물 농장의 동물들은 그리 놀라지 않았다. 이런 일이 언젠가는 오리라고 미리 대비를 하고 있었던 것이다. 스노볼은 존스 씨의 집에서 주운 줄리어스 시저의 낡은 전기책을 읽고 난 후 동물 농장의 방어 작전 계획을 짜 놓고 있었다.

"모든 동물들은 각자 자기 위치로 가시오."

스노볼의 명령이 떨어지자 동물들은 불과 몇 분 만에 각자 자기가 맡은 곳으로 달려갔다.

인간들이 농장 건물 가까이 다가왔을 때, 스노볼은 첫 번째 공격 명령을 내렸다.

"비둘기 부대 공격 개시!"

명령이 떨어지자 비둘기 35마리가 갑자기 하늘로 날아오르더니 인간들 머리 위로 날아다니면서 똥을 갈겨 댔다.

"우웩! 아이구, 더러워! 이게 뭐야?"

인간들은 비둘기 똥을 맞지 않으려고 머리를 감싼 채 이리저리 피해 다녔다.

"거위들 공격!"

스노볼의 명령이 다시 떨어졌다. 그러자 울타리 뒤에 숨어 있던 거위들이 갑자기 뛰어나와 '꾸왁꾸왁' 하며 사정없이 인간들의 종아리를 쪼아 댔다.

"아이쿠, 이번엔 또 뭐야?"

인간들은 얼굴을 감싼 채 비명을 질렀다. 그러나 이 정도는 약간의 혼란만 일으킬 뿐이었으므로 인간들은 곧 몽둥이를 휘두르며 거위들을 몰아 냈다.

스노볼은 두 번째 공격 명령을 내렸다.

"동물 특공대 공격!"

스노볼을 앞장 세우고 뮤리엘과 벤자민, 그리고 양 떼들이 사방에서 돌진해 들어가 들이받고 발로 걷어찼다. 특히 당나귀 벤자민은 뒤로 돌아서서 뒷발질을 하여 가까이 있는 인간들을 호되게 걷어찼다.

인간들은 몽둥이를 휘둘러 대며 달려오는 동물들을 막았다. 이

번에도 인간들의 딱딱한 구둣발과 몽둥이가 있어 동물들이 밀리기 시작했다.

"꽤액!"

스노볼이 후퇴하라는 신호를 보냈다. 그러자 동물들은 일제히 농장 문을 통해서 마당으로 도망쳤다.

"와아, 이겼다! 우리가 이겼다!"

인간들은 승리의 함성을 지르며 도망치는 동물들을 무질서하게 쫓아갔다. 그런데 이것이 바로 스노볼의 작전이었다. 인간들이 마당 안으로 들어서는 순간 외양간에 숨어 있던 말 세 마리와 암소 세 마리, 그리고 나머지 돼지들 전체가 인간들 뒤에서 공격을 시작했다.

"인간들이 포위망에 걸려들었다. 총공격하라!"

스노볼은 큰 소리로 총공격을 명령했다. 그리고 자신은 총을 든 존스 씨를 향해 곧바로 돌진해 들어갔다. 존스 씨는 자기를 향해 달려오는 돼지를 보자 놀라서 총을 발사했다. 총알이 스노볼의 등짝을 찢으며 날아가 양 한 마리를 쓰러뜨렸다. 스노볼의 등에서는 붉은 피가 주르르 흘러내렸다. 스노볼은 커다란 몸을 날려 존스 씨의 허벅다리를 들이받았다.

"우악!"

존스 씨는 비명을 지르며 총을 떨어뜨린 채 거름더미 위로 나가 떨어졌다.

가장 놀라운 솜씨를 보여 준 것은 복서였다. 복서는 종마처럼 뒷발로 서서 징을 박은 커다란 발굽으로 인간들을 후려치고 있었다. 그의 첫 번째 발길질에 얻어맞은 인간은 폭스우드 농장에서 온 마구간지기 젊은이였다. 복서의 발길질에 머리통을 채인 그는 진흙 바닥에 나뒹굴더니 그대로 쓰러져 일어나지를 못했다. 그러자 이 광경을 본 인간들 몇 명이 몽둥이를 내던지고는 도망을 치려 했다. 그들은 공포에 떨고 있었다. 그러나 동물들은 마당을 빙빙 돌며 도망갈 틈을 주지 않았다. 인간들은 뿔에 받히기도 하고, 발굽에 차이기도 하고, 물어 뜯기기도 했다.

농장의 동물들은 그동안 인간들에게 당한 고통을 나름대로 복수하고 있었다. 고양이까지도 지붕 위에서 뛰어내리며 소치기의 어깨를 발톱으로 할퀴었다.

"으아앗!"

느닷없는 공격을 당한 소치기는 비명을 질러 댔다. 동물들에게 포위를 당해 도망치지 못하던 인간들은 한순간 도망칠 길이 뚫리자 허겁지겁 마당을 빠져나가 큰길 쪽으로 내달렸다. 그리하여 농장을 되찾아 보겠다고 공격해 온 인간들은 5분도 못 되어 그만 쫓겨나고 말았다.

　마당에는 그들 중 한 명만이 도망치지 못하고 엎어져 있었다. 아까 복서의 발굽에 얻어맞은 사람이었다. 복서는 진흙 바닥에 엎어진 젊은이의 몸을 발굽으로 뒤집어 보려고 애를 썼다. 그러나 젊은이는 꼼짝도 하지 않았다.

　"이미 죽었나 봐."

　복서가 슬픈 목소리로 말했다.

　"죽일 생각은 아니었는데……. 발굽에 징이 박혀 있다는 걸 잠시 잊었나 봐. 정말이지 일부러 그런 것이 아니라는 걸 믿어 줘."

　"자─ 자, 감상은 금물이오. 이건 전쟁이란 말이오."

　스노볼이 소리쳤다. 그의 상처에서는 아직도 붉은 피가 흘러내리고 있었다.

　"몰리는 어디 갔지?"

　누군가 큰소리로 물었다.

　그러고 보니 정말 몰리가 보이지 않았다. 순간 동물들은 모두 긴장한 눈빛이었다. 전투 중에 인간들이 죽였거나, 아니면 끌려갔을지도 모를 일이었다. 그러나 나중에 알고 보니 몰리는 마구간의 여물통 건초 더미에 머리를 파묻은 채 숨어 있었다. 총소리를 듣는 순간 놀라 도망쳤던 것이다.

동물들이 몰리를 찾다가 돌아와 보니, 마당에 엎어져 죽은 줄 알았던 그 젊은이가 사라지고 없었다. 사실 그는 죽은 게 아니라 잠시 기절한 채로 있었던 것이다.

동물들은 모두 이번 전투의 승리에 취해 있었다. 그들 모두는 제각각 이번 전투에서 자신들이 세운 공로를 자랑하느라 시끌벅적했다.

"우리 모두 이럴 것이 아니라 승리의 축하 잔치를 벌입시다!"

동물들은 그들의 깃발을 달아 올리고, 「영국의 동물들」이란 노래를 몇 차례나 힘주어 불렀다. 그리고 죽은 양을 위해 엄숙하게 장례식을 치른 뒤 무덤가에 산사나무 한 그루를 심었다.

스노볼은 무덤가에서 짤막한 연설을 했다.

"우리 동물들은 이제 동물 농장을 지키기 위해서 필요하다면 목숨까지도 기꺼이 바칠 각오가 되어 있어야 하오."

동물들은 즉석에서 승리를 기념하기 위해 멋진 훈장을 제정하기로 결의했다. '동물 영웅 1등 훈장'은 전투를 승리로 이끈 스노볼과 용감하게 싸운 복서에게 주어졌다.

이 훈장은 놋쇠로 만들어진 메달로 일요일과 공휴일에 달고 다니도록 했다. '동물 영웅 2등 훈장'은 전사한 양에게 주어졌다.

"그럼, 이번 전투의 이름을 뭐라고 붙이면 좋겠소?"

동물들은 열띤 토론을 벌인 끝에 '외양간 전투'라 부르기로 했다.

동물들은 진흙 바닥에 처박혀 있던 존스 씨의 총을 찾아냈다. 그리고 그가 살던 집에서는 탄약통도 여러 개 발견되었다. 그의 총은 깃발을 다는 게양대 밑에 대포처럼 세워 놓았다.

"여기에 놓아 두고 1년에 두 번씩 축포를 쏘는 것이오. 한 번은 외양간 전투의 기념일인 10월 12일에, 그리고 또 한 번은 반란 기념일인 6월 24일에. 여러분, 어떻습니까?"

"좋아요, 와와!"

동물들은 모두 좋다고 소리를 질렀다.

'메이너 농장' 시대를 끝낸 '동물 농장'에는 새로운 희망이 감돌았다.

스노볼을 쫓아낸 나폴레옹

겨울로 접어들면서 몰리는 점점 더 골칫거리가 되어 갔다. 때로는 아주 이상한 행동을 보이기도 했다. 일터에 지각하는 일은 거의 매일이었고, 그럴 때마다 그만 깜빡 늦잠이 들었다고 똑같은 변명을 했다. 그런가 하면 몸이 늘 아프다면서도 식욕은 아주 왕성했다.

몰리는 가능한 온갖 구실을 다 붙여서 일터를 빠져나갔다. 그리고 물웅덩이가 있는 곳으로 가서 물에 비친 자기 모습을 바보처럼 들여다보며 서 있곤 했다. 하지만 그보다 더 심각한 소문도 나돌았다.

어느 날 몰리가 긴 꼬리를 흔들며 마당으로 들어섰을 때 클로버가 그녀를 한쪽 구석으로 데리고 갔다.

"몰리, 당신에게 진지하게 할 이야기가 있소. 우리 농장과 폭스우드 농장 사이에는 울타리가 있지 않소? 그런데 오늘 아침에 보니 당신이 그 울타리 너머로 무엇인가를 보고 있더군. 그래서 무슨 일인가 하여 살펴봤더니 건너편에는 필킹턴 씨의 일꾼 하나가 서 있더군. 좀 멀리 떨어지긴 했지만 난 똑똑히 볼 수 있었소. 그일꾼이 당신에게 말을 걸면서 콧잔등을 어루만져 주는데도 당신은 가만히 서 있었소. 몰리, 그게 뭘 뜻하는 거요?"

"아니에요. 그건 사실이 아니에요. 절대 그런 일 없었어요."

클로버의 말에 몰리는 펄쩍 뛰며 앞발로 땅을 긁어 댔다.

"몰리, 내 눈을 똑바로 보고 말해 봐요. 그 사람이 당신 콧잔등을 쓰다듬지 않았다고, 당신의 명예를 걸고 말할 수 있겠소?"

"그렇지 않아요. 그건 사실이 아니에요."

몰리는 여전히 발뺌을 했지만 클로버의 눈을 똑바로 쳐다보지는 못했다. 그러고는 갑자기 들판 쪽으로 달아나 버렸다.

그때 클로버의 머릿속에 떠오르는 생각이 하나 있었다. 그는 남몰래 몰리의 마구간으로 가서 발굽으로 짚더미를 헤쳐 보았다. 짚더미 속에는 작은 각설탕 덩어리들과 여러 가지 색깔의 리본들이 숨겨져 있었다.

그런 일이 있은 지 사흘 뒤에 몰리가 농장에서 갑자기 사라졌다. 몇 주 동안을 아무도 그녀의 행방에 대해 알지 못했다.

그러던 어느 날, 비둘기들이 소식을 전해 왔다. 윌링던 어느 골목에서 몰리를 봤다는 것이다.

"윌링던의 어떤 술집 앞에 빨간색과 검은색 칠을 한 멋진 이륜마차 한 대가 있었어요. 그런데 글쎄 몰리가 바로 그 마차의 굴대를 메고 서 있지 않겠어요? 처음엔 저도 눈을 의심했어요. 그런데 가까이 가서 보니 틀림없더라고요. 아는 체도 할 수 없었어요. 체크 무늬 바지를 입고 반장화를 신은 남자가 옆에 서 있었는데 술집 주인 같았어요. 뚱뚱하고 얼굴이 불그스레해 보이는 그 남자는 몰리의 콧잔등을 어루만지며 각설탕을 먹이고 있었어요. 몰리는 털을 새로 깎고 앞머리에는 붉은 리본을 달고 있었으며, 퍽 즐거워하는 표정이었어요."

비둘기들의 말에 동물들은 입을 꾹 다물었다. 그 뒤로는 어느 누구도 몰리 얘기를 꺼내지 않았다.

1월이 되자 매서운 추위가 닥쳐왔다. 땅은 쇳덩이처럼 단단하게 얼어붙었고, 밭일이라곤 아무것도 할 수 없었다. 커다란 창고에서는 여러 차례 회의가 열렸고, 돼지들은 다가올 봄철에 할 일에 대해 계획을 세우느라 정신이 없었다. 돼지들은 다른 동물들에 비해 똑똑했기 때문에 농장의 모든 문제들은 돼지들의 결정에 맡겨 놓고 있었다. 물론 이들의 결정을 나중에 총회에서 투표로 다시 결정해야 하긴 하지만.

사실 이 절차는 스노볼과 나폴레옹이 다투지만 않았다면 그대로 잘 진행되었을 것이다. 그런데 이들 두 수돼지는 양보라는 게 없고 사사건건 부딪쳐서 의견의 일치를 보기 힘들었다. 누군가 보리를 더 많이 심어야 한다고 하면 다른 하나는 귀리를 더 많이 심어야 한다고 우기고, 어느 밭은 양배추를 재배하는 게 좋다고 하면, 다른 하나는 뿌리 채소를 가꾸기에 적당한 밭이라고 주장했다.

그뿐이 아니었다. 그들에게는 각각의 지지자들이 있어서 때로는 집단으로 논쟁이 벌어지기도 했다. 회의에서는 스노볼이 뛰어난 말솜씨로 많은 지지를 받기도 했지만, 나폴레옹은 결정적인 순간에 지지자들을 모으는 데 뛰어났다. 특히 나폴레옹은 양들을 자기 편으로 끌어들여 선동하는 데 이용하고 있었다. 양들은 가끔 회의 도중 '네 발은 좋고, 두 발은 나쁘다!'라고 소리를 질러 방해를 놓았다. 특히 스노볼의 연설이 결정적인 대목에 이르면 더욱 크게 외쳐 대는 통에 회의가 중단되곤 했다.

스노볼은 존스 씨의 집에서 발견한 『농민과 축산업자』라는 묵은 잡지 몇 권을 꼼꼼하게 읽고 나서 농장을 새롭게 변화시킬 계획을 세워 놓고 있었다. 비가 오면 농장의 물이 잘 빠져나갈 수 있게 하는 배수로라든가, 건초의 저장법, 거름으로 쓰는 인산 석회 등에 관해서 마치 전문가처럼 유식하게 떠들어 댔다. 수레로 운반하는 수고를 덜기 위해서 모든 동물들이 매일 농장의 다른 장소에다 직접 배설을 하는 복잡한 계획도 세워 놓았다.

나폴레옹은 자신의 계획을 직접 내놓지는 않았다. 그러면서도 스노볼의 계획에 대해서는 틀림없이 실패할 것이라고 말했다. 그는 아마도 때를 기다리고 있는 것 같았다.

두 돼지가 가장 맹렬하게 논쟁을 벌인 문제는 풍차에 관한 것이었다. 농장 건물에서 그리 멀지 않은 곳에 목초지가 있고, 그 안에 작은 언덕이 하나 있었다. 이 언덕은 농장에서 제일 높은 곳이었다. 스노볼은 이 언덕이 풍차를 세우기에 가장 알맞은 곳이라는 의견을 내놓았다. 풍차를 세워 여기서 동력을 얻고, 그것으로 발전기를 돌려 농장에 전기를 공급할 수 있다는 것이었다. 그렇게 되면 건물에 불을 밝힐 수 있을 뿐 아니라 겨울에도 전기를 이용해 따뜻하게 지낼 수 있고, 여러 가지 전기 기구도 사용할 수 있다고 했다.

동물들은 스노볼의 이야기에 귀가 솔깃했다. 지금까지 들어 보지 못한 새로운 이야기라 눈이 휘둥그레졌다. 스노볼은 그림을 그

려 보이며 전기를 사용하게 되면 앞으로
일은 기계가 하고, 동물들은 편안히 풀이
나 뜯고 책이나 보면서 교양을 쌓아갈 수
있다고 말했다. 동물들은 스노볼의 이야
기가 끝나자 모두 넋을 잃었다. 정말이지
그런 세상이 오면 얼마나 좋을 것인가.

　그로부터 몇 주일 후에 풍차를 세우는
계획은 완성되었다. 기계의 설계는 존스
씨가 갖고 있던 책에서 얻은 것이다. 스노
볼은 전에 부화장으로 쓰던 작은 방 하나
를 자기 작업실로 사용했다. 그 방에는 매
끈하고 반반한 마루가 깔려 있어 설계도
를 그리기에 알맞은 곳이었다. 일단 작업
실에 들어갔다 하면 몇 시간씩 일에 몰두
했다. 책을 펼쳐 돌로 눌러 놓고, 발가락
사이에 분필을 낀 채 날렵하게 이러저리
선을 그어 대며 스스로 흥분을 참지 못해
이따금 킁킁대기 일쑤였다. 설계도는 수
많은 톱니바퀴의 그림과 장치들로 복잡해

지면서 마룻바닥의 절반 이상을 차지했다.

동물들은 적어도 하루에 한 번씩은 와서 그 설계도를 구경했다. 암탉과 오리들은 분필로 그려진 설계도의 선을 밟지 않으려고 애쓰며 걸어다니기도 했다. 동물들 대부분이 설계도를 이해하진 못했지만 모두들 기대감에 부풀어 있었다. 그러나 나폴레옹만은 코빼기도 내비치지 않았다. 처음부터 스노볼이 주장한 풍차 건설에 반대한다고 했기 때문에 그가 와 보지 않는다고 하여 이상하게 여기지도 않았다.

그러던 어느 날, 나폴레옹이 스노볼이 그린 설계도를 보겠다면서 갑자기 나타났다. 그는 커다란 몸집으로 뚜벅뚜벅 작업실 안을 돌아다니면서 설계도를 자세히 들여다보기도 하고, 킁킁거리며 냄새를 맡아 보기도 했다. 그리고 한참을 서서 설계도를 지켜보는 듯하더니 갑자기 한쪽 다리를 들어 설계도에 오줌을 갈기고는 한마디 말도 없이 나가 버렸다.

농장은 그 사건 이후로 두 패로 갈라져 날카롭게 맞섰다. 스노볼도 풍차를 세우는 일이 어렵다는 것은 부인하지 않았다.

"돌을 캐서 날라 와야 하고, 그것을 쌓아 벽을 세워야 하고, 풍차 날개도 만들어야 하고, 그 다음엔 발전기와 전선도 있어야 합니다. 나는 이런 구체적인 일에 대해서는 아직 말할 수 없소이다.

그러나 나는 분명히 장담할 수 있소. 이 모든 일은 일 년이면 충분할 것이오. 뿐만 아니라 풍차가 세워지면 동물들의 노동은 엄청나게 줄어들 것이오. 그래서 동지들은 1주일에 3일 만 일해도 살 수 있는 날이 오게 될 것이오."

그러나 이에 맞서 나폴레옹의 의견은 달랐다.

"지금 우리에게 중요한 것은 어떻게 하면 식량을 더 많이 거둘 수 있는가 하는 것이오. 쓸데없이 풍차 세우는 일에 시간을 허비했다가는 모두 굶어 죽게 될 것이오."

두 패로 나뉘어진 동물들은 서로 다른 구호를 내걸었다.

'스노볼에게 투표하여 1주 3일 일하자.'

'나폴레옹에게 투표하여 배불리 먹고 살자.'

그 어느 편도 지지하지 않고 중립을 지키고 있는 동물은 벤자민 하나뿐이었다. 그는 스노볼 쪽의 말도 나폴레옹 쪽의 말도 믿지 않았다. 풍차가 있건 없건 동물들의 삶은 더 나아지지 않을 것이라고 생각했다.

스노볼과 나폴레옹은 풍차를 세우는 문제 말고도 농장의 방어 문제로 의견 충돌을 빚은 적이 있었다. 지난번 '외양간 전투'에서 인간이 패하기는 했어도 농장을 되찾기 위해 다음번에는 더 강하게 공격해 올 것이라는 것을 동물들은 알고 있었다.

그런데 언제나 그랬듯이 스노볼과 나폴레옹은 이에 대한 농장의 방어 문제에서도 서로 다른 의견으로 맞섰다. 나폴레옹의 주장은 무엇보다 동물들이 총기를 빨리 구입해서 그 사용법을 익혀야 한다는 것이었다. 그러나 스노볼은 더 많은 비둘기들을 밖으로 내보내서 다른 농장에서도 반란이 일어나게 선동해야 한다고 했다. 나폴레옹은 동물들이 스스로 방어를 하지 못하면 결국 인간들에게 농장을 빼앗길 것이라고 하였으며, 스노볼은 반란이 여기저기서 일어난다면 굳이 농장을 방어할 필요가 없어진다고 했다. 동물들은 처음에는 나폴레옹의 주장에 귀를 기울였다가 나중에는 스노볼의 말에 귀를 기울이고, 이쪽저쪽 왔다 갔다 하다 결국은 누구의 말이 옳은지 판단을 하지 못했다. 사실 그들은 늘 나폴레옹이 말할 때는 그에게 기울어지고, 스노볼이 말할 때는 또 그쪽으로 기울어지곤 했다.

마침내 스노볼의 설계도가 완성되었다. 이번 일요일 회의 때 풍차를 세울 것인지 말 것인지를 투표하기로 했다.

동물들이 창고에 다 모이자 스노볼이 먼저 일어나서 풍차를 세워야 하는 이유에 대해서 설명했다. 양들이 때때로 소리를 지르며 방해하기도 했지만 무난하게 넘어갔다. 다음에는 나폴레옹이 일어나서 말할 차례였다.

"몇 번이고 말했지만 풍차는 쓸모 없는 것입니다. 투표할 가치
조차 없는 일이오."

그는 아주 조용히, 그리고 침착하게 말하고는 자리에 앉았다.
불과 30초 정도 말했을까, 나폴레옹은 자기가 한 말에 대해서도
관심이 없어 보였다.

"네 발은 좋고, 두 발은 나쁘다!"

양들이 소리를 질러 방해를 놓았다. 그러자 스노볼이 다시 벌떡
일어났다.

"양 동지들은 좀 조용히 해 주시오. 도대체 왜 이렇게 시끄럽게
구는 것입니까? 동지 여러분, 풍차는 꼭 세워져야 합니다. 그래야
우리가 편하게 살 수 있습니다. 여러분의 등에서 무거운 멍에가
벗겨지는 날을 생각해 보십시오. 여러분이 찬성표를 던져 주어야
가능합니다."

스노볼은 장차 힘든 노동이 사라졌을 때 동물 농장의 미래 모습
을 아주 간결한 말로 그려 보여 주며 찬성표를 달라고 호소했다.
그때까지만 해도 동물들의 의견은 거의 반반으로 나누어져 있었
다. 그러나 말솜씨가 좋은 스노볼이 일어나 다시 호소하자 동물들
은 순식간에 스노볼 쪽으로 기울어졌다.

바로 그 순간 나폴레옹이 자리에서 일어났다. 그는 항상 그랬듯

이 곁눈질로 스노볼을 한 번 흘겨보고는 지금까지 아무도 들어 보지 못했던 날카로운 소리를 꽥 내질렀다.

그 바람에 다른 동물들은 깜짝 놀랐다. 그러나 더욱 놀랄 일이 그 다음에 벌어졌다. 사냥감을 쫓을 때처럼 개 짖는 소리가 무시무시하게 들려왔다. 이어서 목걸이에 놋쇠 장식을 붙인 커다란 개 아홉 마리가 창고 안으로 불쑥 뛰어들어왔다. 그 낯선 개들은 무서운 이빨을 드러내고는 곧장 스노볼을 향해서 덤벼들었다.

"꽤액! 돼지 살려!"

스노볼은 기겁을 하고 후다닥 자리를 박차고 일어나 문밖으로 도망쳤다. 개들이 무서운 이빨을 내보이며 스노볼의 뒤를 쫓았다. 동물들은 너무 놀란 나머지 겁에 질려 아무 말도 하지 못한 채 창고 문으로 몰려가 바깥에서 벌어지고 있는 쫓고 쫓기는 광경을 숨죽이며 지켜보았다.

스노볼은 큰길로 통하는 목장을 가로질러 도망치고 있었다. 그 뒤를 개들이 점점 따라붙고 있었다. 그런데 갑자기 스노볼이 미끄러졌다. 꼼짝없이 개들에게 잡힐 순간이었다. 그러나 스노볼은 다시 일어나 더 빨리 뛰기 시작했다.

개들도 다시 그 뒤를 쫓았다. 그중 한 마리가 스노볼의 꼬리를 무는 듯했으나 스노볼은 잽싸게 꼬리를 흔들어 개의 날카로운 이

빨을 피했다. 개들이 덮치려는 순간 스노볼은 마지막 힘을 다해
재빨리 울타리 사이에 난 구멍으로 빠져나갔다. 그리고는 더 이상
보이지 않았다.

동물들은 겁에 질린 모습으로 다시 제자리로 돌아와 앉았다. 스노볼을 쫓던 개들도 되돌아왔다.

처음에 동물들은 그 개들이 도대체 어디서 왔는지 아무도 알지 못했다. 그러나 곧 의문이 풀렸다. 그 개들은 바로 제시와 블루벨이 낳은 새끼들이었다. 젖을 뗄 무렵 교육을 시킨다며 나폴레옹이 데려다 몰래 키운 강아지들이었다. 아직 다 자란 건 아니었지만 개들은 몸집이 크고 늑대처럼 사나워 보였다.

개들은 나폴레옹 곁에 바짝 붙어서 떨어지지를 않았다. 그들은 전에 다른 개들이 농장 주인이었던 존스 씨에게 했던 것처럼 나폴레옹에게 꼬리를 흔들어 보이고 있었다.

나폴레옹은 개들을 거느리고 전에 메이저가 연설을 했던 연단으로 올라갔다.

"이제부터 일요일 아침에 있던 회의는 중단할 것이오. 그런 회의는 사실상 불필요한 것이었소. 앞으로 농장 운영에 관한 모든 것은 돼지들로 구성된 특별 위원회에서 의논하여 결정할 것이며, 이 위원회의 의장은 내가 맡겠소. 아-, 그리고 이 특별 위원회는 비공개로 열리고, 여기서 결정된 사항만 동지들에게 알려 줄 것이오. 또한 동지들은 앞으로도 일요일 아침에 모여 깃발에 경례를 하고,「영국의 동물들」노래를 부르게 될 것이며, 그 주일에 해야 할 일에 대해서는 명령을 받지만, 앞으로 토론 같은 것은 없을 것이오."

동물들은 나폴레옹에게 스노볼이 쫓겨나는 것을 보고 큰 충격을 받았다. 그런데 엎친 데 덮친 격으로 이런 억압적인 말을 듣자 놀라서 어찌할 바를 몰랐다. 뭔가는 따져야 할 것 같은데 아무 생각도 떠오르지를 않았다.

복서도 기분이 언짢았다. 그는 귀를 뒤로 젖히고 몇 번이나 머리를 흔들어 대며 생각을 정리해 보려고 했지만 아무런 말도 하지 못했다.

오히려 앞줄에 앉은 똘똘한 식용 돼지들이 불만스런 얼굴로 꿀꿀거리다가 모두 한꺼번에 일어나 큰 소리로 불평을 말하기 시작했다.

"농장 운영을 동물들이 모여 의논을 해서 결정해야지 왜 특별 위원회에서 결정을 합니까? 거기다 토론도 없이 정해진 명령을 받으라니 이건 잘못된 것 같습니다."

그러자 나폴레옹 곁에 바짝 붙어 앉아 있던 개들이 이빨을 드러내며 돼지들을 향하여 낮은 소리로 으르렁거렸다. 돼지들은 목소리가 점점 작아지더니 급기야 그냥 털썩 주저앉고 말았다. 이어 양들이 한꺼번에 소리를 외쳤다.

"네 발은 좋고, 두 발은 나쁘다!"

양들은 15분 가까이나 소리를 질러 댔다. 그 바람에 토론할 기회는 영영 사라지고 말았다. 그날의 회의는 그렇게 그냥 끝나고 말았다. 나중에 스퀼러는 농장 곳곳을 돌아다니며 농장의 새로운 질서와 생활에 대해 설명을 했다.

"동지들, 나폴레옹 동지가 하지 않아도 될 일을 몸 바쳐 하게 된 것에 대해 여기 동지 여러분은 모두 고맙게 생각하고 있으리라 믿소. 동지 여러분, 지도자가 된다는 것이 즐거운 일이라고는 절대로 생각하지 마시오. 오히려 그 반대일 것이오. 무거운 책임이 따르기 때문이지요. 모든 동물들이 평등하다는 것을 나폴레옹 동지처럼 확실하게 믿는 이도 없을 것이오. 동지 여러분이 스스로 모든 것을 결정할 수만 있다면 그도 찬성할 것이오. 그러나 여러분은 가끔 잘못된 결정을 내릴 염려가 있습니다. 그럴 때 우리는 어떻게 해야 하겠소? 만약 여러 동지들이 스노볼의 그 황당한 풍차 건설 계획을 지지했더라면 어찌 될 뻔했소? 스노볼은 반역자요, 죄인인 것이오."

"그게 무슨 소리요. 스노볼은 지난번 '외양간 전투'에서 제일 용감하게 싸웠소이다."

누군가가 볼멘소리로 말했다.

"용감하다는 것만으로는 충분하지 않소. 충성과 복종이 더 중요하오. 그리고 '외양간 전투'에서 보였던 스노볼의 용감함이 지나치게 과장된 것이라는 사실도 차차 밝혀지게 될 것이오. 동지들, 우리는 지금 엄한 규율이 필요하오. 강철 같은 규율 말이오. 이것이 오늘의 우리 표어입니다. 우리가 한 발만 잘못 디뎌도 적들은 그 틈을 노리고 우리들에게 달려들 것이오. 동지들은 존스 씨가 다시 돌아오길 바라는 것은 아니겠지요?"

스퀼러는 동물들을 둘러보며 동정을 살폈다. 그 말에 아니라고 답할 동물은 아무도 없었다. 정말이지 존스 씨가 되돌아오기를 바라는 동물은 아무도 없었으니까. 만일 일요일 아침에 하는 회의가 존스 씨를 되돌아오게 하는 일이라면 그건 당연히 없어져야 하는 것이다. 이제 겨우 생각을 정리한 복서가 어렵게 입을 열었다.

"나폴레옹 동지가 그러한 것을 걱정해서 회의를 없앤다면 그게 옳겠지요."

복서는 그때부터 '내가 조금 더 일하자.'라는 좌우명 말고도 '나폴레옹의 생각은 언제나 옳다.'라는 좌우명을 하나 더 갖게 되었다.

날씨가 풀리면서 봄갈이 농사가 시작되었다. 스노볼이 풍차 설계도를 그리던 작업실은 폐쇄되었다. 동물들은 매주 일요일 아침 10시 큰 창고에 모여 다음 주에 해야 할 작업에 대해 명령을 전달

받았다. 그들은 과수원에 있는 메이저의 무덤을 파서 살점이 다

떨어져 나간 그의 두개골을 가져다 깃대 밑에 존스 씨의 총과 나란

히 세워 두었다.

"모든 동지들은 깃발을 게양한 다음 창고로 들어가기 전 한 줄로 서서 메이저의 두개골 앞을 지날 때 정중히 존경의 표시를 해야 할 것이오."

나폴레옹은 엄숙하게 명령을 내렸다.

창고 안에서는 예전처럼 모든 동물이 한 자리에 옹기종기 모여 앉아서는 안 되었다. 나폴레옹은 스퀼러, 그리고 노래와 시를 짓는 데 뛰어난 재능을 가진 미니무스라는 이름의 돼지와 함께 셋이서 가운데 높은 연단 앞쪽에 앉았다. 그리고 그 주위에 아홉 마리의 사나운 개들이 반원 모양으로 둘러싸고 앉았으며, 그 뒤에 다른 돼지들이 자리를 잡고 앉았다. 나머지 동물들은 창고 바닥에 이들과 정면으로 마주보고 앉아 있어야 했다. 나폴레옹은 군인같이 딱딱한 말씨로 다음 날부터 해야 할 일에 대해 명령을 내렸다. 명령이 끝나면 동물들은 마치 군가를 부르듯 「영국의 동물들」이란 노래를 합창하고 나서 창고를 나왔다.

스노볼이 농장에서 쫓겨난 지 3주일째가 되는 일요일이었다.

"동지 여러분, 풍차 건설을 신중하게 검토해 보겠소."

나폴레옹은 전혀 상상할 수도 없는 발표를 했다.

동물들은 그 소식을 듣자 모두 깜짝 놀랐다. 나폴레옹이 그 일 때문에 스노볼을 쫓아내지 않았던가. 그러나 그는 왜 생각을 바꾸었는지에 대해선 아무런 설명도 없었다.

"풍차를 세우는 일은 엄청나게 어려운 일이오. 그렇기 때문에 이 사업을 추진하려면 식량 배급을 줄여야 할지도 모르오."

나폴레옹의 말은 경고였다. 이미 풍차 설계도는 마지막 세밀한 부분까지 거의 완료된 상태였다. 돼지들의 특별 위원회가 이미 지난 3주일 동안 설계도 작업을 해 왔던 것이다. 풍차를 세우는 일은 여러 가지 다른 개량 사업과 함께 2년 정도 걸릴 예정이라고 했다.

그날 저녁, 동물들과 사적으로 어울린 자리에서 스퀄러는 나폴레옹이 원래 풍차 계획에 반대했던 것은 아니라고 설명했다. 오히려 처음에 풍차 건설 계획을 내놓았던 것은 나폴레옹이었다고 전했다. 스노볼이 작업실 마룻바닥에 분필로 그린 설계도는 사실 스노볼이 나폴레옹의 문서에서 훔쳐간 것이라고 했다.

"그러면 나폴레옹 동지가 그렇게 풍차 건설을 반대했던 이유는 무엇이오?"

누군가 이상하다는 듯이 물었다. 그러자 스퀄러는 아주 능청스러운 표정으로 대답했다.

"그게 바로 나폴레옹 동지의 작전이었소."

나폴레옹이 풍차 건설을 반대하는 척한 이유는 스노볼이 다른 동물들에게 나쁜 영향을 주는 위험한 인물이기 때문에 그를 제거

하기 위한 작전이었다는 것이다. 지금은 스노볼이 농장을 떠나갔으니 이제 풍차 건설은 간섭 없이 진행될 수 있을 것이라고 했다. 스퀼러는 이것이 '전술'이라고 말하면서 이를 몇 번이고 반복해 말했다.

그러나 동물들은 '전술'이란 말의 뜻을 제대로 이해하지 못했다. 하지만 스퀼러가 진지하고 설득력 있게 말하는데다 그와 함께 있던 세 마리의 개가 눈을 부라리며 으르렁거리는 바람에 더 이상 질문도 하지 못하고 그냥 스퀼러가 말한 대로 받아들여야 했다.

수퇘지 나폴레옹의 음모

동물들은 그해 내내 노예처럼 힘들게 일했다. 그렇지만 그들은 일을 하면서도 행복했다. 왜냐하면 자기들이 힘들게 하는 일 모두가 자신들은 물론 자기 후손들의 이익을 위한 것이지, 빈둥거리며 놀기만 하는 도둑 같은 인간들을 위한 것이 아님을 잘 알고 있었기 때문이었다.

봄과 여름, 그들은 1주일에 60시간씩을 일했다. 그런데 8월이 되자 나폴레옹은 더욱더 놀라운 발표를 했다.

"앞으로는 일요일 오후에도 일을 하게 될 것이오. 그러나 이것은 어디까지나 스스로 원하는 동지에게 맡길 것입니다. 물론 자원하지 않아도 되겠지만, 그럴 경우 식량 배급은 절반으로 줄어든다는 것을 명심하기 바라오."

동물들은 눈이 휘둥그레졌다. 하지만 사나운 개들 때문에 불평을 말할 수 없었다.

그렇게 일하는데도 어떤 일은 손도 대지 못한 채 남겨 두어야 했다. 수확은 오히려 지난해보다 조금 줄어들었다. 초여름에 뿌리채소 씨를 뿌렸어야 할 한두 군데 밭에는 밭갈이가 늦어져 아무것도 심지를 못하고 있었다. 그러니 이번 겨울은 보지 않아도 고생문이 훤할 것 같았다.

풍차를 세우는 일은 예상하지 못한 일들이 생겨 어려움을 겪고 있었다. 농장에는 질이 좋은 석회암 돌산이 있었고, 모래와 시멘트가 한 건물에 가득 들어 있는 것이 발견되었기 때문에 공사에 필요한 재료는 다 준비된 셈이었다. 그러나 문제는 돌산의 돌을 어떻게 적당한 크기로 자르느냐 하는 것이었다. 동물들에게는 이게 보통 어려운 일이 아니었다. 돌을 자르려면 곡괭이나 지렛대를 사용해야 한다. 그런데 동물들은 뒷다리만으로 서 있을 수 없기 때문에 앞다리로 도구를 잡고 사용하기 어려웠다.

몇 주일에 걸쳐 헛수고를 한 다음에야 비로소 누군가의 머리에 좋은 생각이 떠올랐다. 그것은 바로 지구의 중력을 이용해야 한다는 것이었다. 돌산에는 커다란 바위들이 그대로 널려져 있었다.

동물들은 이것을 밧줄로 묶어서 하나씩 산꼭대기로 끌고 올라갔다. 이 일에는 돼지들까지 합세하였다. 그렇게 끌고 올라간 돌을 산꼭대기에서 아래로 굴리는 것이었다. 그러면 돌은 아래로 굴러 떨어지면서 여러 조각으로 깨졌다. 깨진 돌들을 운반하는 일은 어렵지 않았다. 말들은 수레에 가득 실어 날랐고, 양들은 한 개씩 끌어서 날랐다. 염소 뮤리엘과 당나귀 벤자민까지도 낡은 이륜 마차를 끌고 와 자기네 몫을 다했다. 늦은 여름이 되자 공사장에는 충분한 양의 돌이 쌓였고, 드디어 돼지들의 감독 아래 풍차 건설 공사가 시작되었다.

그러나 이 공사는 생각보다 더디고 힘들었다. 어느 때는 큰 돌 한 개를 산꼭대기까지 끌어 올리는 데만 꼬박 하루가 걸리는 때도 여러 번 있었다. 그런가 하면 그렇게 끙끙대며 산꼭대기까지 끌고 올라간 돌덩이를 산 아래로 굴렸는데 깨지지 않을 때도 있었다. 그때의 허망함이란 이루 말할 수 없었다.

만약 복서가 없었다면 일하기가 무척 힘들었을 것이다. 그는 정말 엄청난 힘을 가진 것 같았다. 다른 동물들의 힘을 하나로 합쳐 놓은 것과 맞먹어 보였으니까. 큰 돌을 산꼭대기로 끌고 올라가다 잘못하여 미끄러지는 경우가 있었다. 그 때문에 돌덩이가 미끄러져 내리면 밧줄을 끌던 동물들이 함께 질질 끌려 내려가면서 비명을 질러 댔다.

그냥 놔두면 큰일이 날 수도 있었다. 그럴 때마다 밧줄을 힘 있게 잡아당겨 멈추게 하는 것은 언제나 복서였다. 숨을 몰아쉬며 미끄러지지 않게 발굽으로 땅을 단단히 디디고, 허리는 온통 땀투성이가 되어 한 발 한 발 돌덩이를 끌어 올리는 그의 모습은 그야말로 감동적이었다.

이따금 클로버는 그런 복서에게 너무 무리하지 말라고 충고를 했다. 하지만 그는 별로 귀담아 듣지 않았다. 복서는 자기의 두 가지 좌우명인 '내가 조금 더 일하자.'와 '나폴레옹의 생각은 언제나 옳다.'에만 의지하고서 살아갔다. 그는 매일 아침 젊은 수탉에게 부탁하여 남들보다 30분 전에 깨우게 하던 것을 15분이나 앞당겨 45분 전에 깨우게 다시 부탁했다. 그리고 잠시라도 쉴 틈이 생기면 혼자서 돌산으로 가 깨진 돌들을 한 무더기 모아 혼자 공사장으로 끌고 왔다.

그해 여름 내내 동물들은 고되게 일하긴 했지만, 생활이 그다지 궁색하진 않았다. 존스 씨가 있을 때보다 식량 배급을 더 받지는 못했지만 그때보다 못한 것도 아니었다. 이제는 존스 씨나 그의 일꾼들을 먹여 살리지 않아도 되었으니 그만큼 부담이 줄어든 때문이기도 하였다. 게다가 동물들의 일하는 방식은 여러 가지 면

에서 인간들 방식보다 능률적이고 힘도 덜 들었다. 예를 들면 잡
초를 뽑는 일 같은 것이라면 인간들로서는 거의 불가능할 정도로
철저하게 해냈던 것이다. 또한 동물들은 아무도 도둑질을 하지 않
았기 때문에 밭과 목장 사이를 울타리로 막을 필요가 없었다. 이
것만도 많은 노동을 줄여 주는 것이었다. 울타리나 울타리 사이의
문 등을 고치거나 새로 달지 않아도 되었으니까.

그런데 여름이 지나면서 여러 가지 생각하지 못했던 문제들이 불거지기 시작했다. 파라핀 기름이라든지 못, 끈, 말발굽에 박는 징 같은 것들이 떨어지면서 구하기가 어렵게 된 것이다. 이런 것들은 농장에서 생산할 수 있는 물건이 아니었기 때문이다. 이와 함께 앞으로는 씨앗과 화학 비료도 필요하게 될 것이며, 더 나아가 많은 도구와 풍차에 필요한 기계도 마련해야 될 것이다. 그런데 이런 것들을 어떻게 구하고 만들어 써야 할지 아는 동물이 아무도 없었다.

어느 일요일 아침, 동물들이 작업 명령을 받기 위해 창고에 모였을 때 나폴레옹은 새로운 정책 하나를 발표했다.

"동지 여러분, 이제부터 우리 동물 농장은 이웃 농장들과 거래를 하기로 했소이다. 이것은 장사를 하기 위한 목적이 아니라, 우리에게 꼭 필요한 물자를 얻기 위해서입니다. 무엇보다 우선 풍차 건설에 필요한 물건들을 들여와야 할 것이오. 따라서 우리는 건초 더미와 금년도에 수확한 옥수수를 약간 팔기로 하였소. 혹시 나중에 돈이 더 필요하게 되면 달걀을 팔아서 보충하려고 생각하오. 암탉들은 풍차 건설을 위해 특별한 공헌을 하는 것이니 기쁘게 생각하고 협조해 주기 바라오."

듣기만 하고 있던 동물들은 웬일인지 불안감에 휩싸이기 시작했다. 이것은 처음 약속과는 다른 것이었다. 인간들과는 어떤 거래도 하지 않는다, 장사 행위를 하지 않는다, 돈을 사용하지 않는다 등은 존스 씨를 쫓아낸 뒤 동물 회의에서 제일 먼저 통과되었던 결정 사항들이 아니었던가. 아직까지 그 결정을 잊고 있는 동물은 하나도 없었다. 그렇기에 동물들은 눈이 휘둥그레진 것이다.

"그건……."

나폴레옹이 회의를 폐지한다고 했을 때 불만을 표시했던 젊은 돼지 네 마리가 항의하려고 입을 열려는 순간이었다. 그들의 행동을 지켜보던 사나운 개들이 험악한 인상을 지으며 으르렁거리는 것이었다. 그 바람에 젊은 돼지들은 그만 꼬리를 내리고 입을 다물고 말았다. 그들의 눈에는 아직도 스노볼이 개들에게 쫓겨가던 모습이 선했다.

"네 발은 좋고, 두 발은 나쁘다!"

분위기가 무거워진 틈을 타서 갑자기 양들이 소리를 쳤다. 그렇게 몇 번 양들이 소리를 치자 어색했던 분위기도 조금 누그러지는 듯했다. 나폴레옹은 앞발을 들어 양들을 조용히 하라고 한 다음 계속해서 입을 열었다.

"자─ 자, 조용히, 조용히 하고 내 말을 마저 들으시오. 나는 앞에서 이야기한 일들을 이루기 위해 이미 모든 조치를 해 놓았소. 이런 일을 위해 동지들이 직접 나서서 인간들과 접촉하는 일은 결코 바람직한 일이 아니오. 따라서 그런 모든 일들은 내게 맡겨 주기 바라오. 내가 모든 책임을 지고 이 일을 추진해 나갈 것이오. 그리고 한 가지 더 알려 줄 것이 있소이다. 월링던에 사는 휨퍼라는 변호사가 나의 부탁을 받고 동물 농장과 바깥 세계를 이어 주는 다리 역할을 하기로 되어 있소. 매주 월요일 아침에 그는 나의 지시를 받기 위해 동물 농장을 방문하게 될 것이오. 그럼 이만 마치겠소. 동물 농장 만세!"

나폴레옹은 전달 사항을 끝내고 늘 그랬듯이 '동물 농장 만세!'를 크게 외쳤다. 그리고 동물들은 「영국의 동물들」을 합창한 뒤 해산했다.

그러나 농장의 분위기는 아직도 뒤숭숭했다. 이번에도 스퀼러가 농장 곳곳을 돌아다니며 동물들의 마음을 달래 주고 진정시켜 주었다.

"진정들 하시오. 사실 장사를 하지 않겠다든지, 돈을 사용하지 않겠다든지 하는 결의안은 통과된 일이 없소. 어디서부터 그런 말이 나왔는지는 모르지만, 그건 분명히 우리가 잘못 알고 있는 것이 틀림없을 것이오. 글쎄 의심이 간다면 스노볼이 퍼뜨린 거짓말이 아닐까 하오."

그러자 몇몇 동물들은 여전히 믿을 수 없다는 눈치였다.

이미 다 알고 있는 사실을 스퀼러가 말을 바꾸니 의심을 품는 것이다.

"동지들은 아직도 꿈을 꾸고 있소? 왜 내 말을 못 믿는 것이오? 그런 결의가 있었다면 어디에 그런 기록이 적혀 있습니까? 있다면 그걸 내놓아 보시오."

스퀼러는 동물들을 날카롭게 노려보며 따지고 들었다. 그는 부드러울 때는 한없이 부드럽다가도 자신이 불리할 때는 날카롭게 따지고 들어 분위기를 바꿔 놓았다. 동물 회의라는 것이 뻔해서 회의록 같은 게 있을 턱이 없었다. 기록으로 남겨 놓은 것이 없으니 동물들도 확실하지 않은 것을 우길 수는 없는 노릇이었다. 그러다 보니 스퀼러의 말대로 동물들은 자기들이 잘못 생각하고 있는지도 모른다고 믿게 되었다.

휨퍼 변호사는 약속대로 월요일마다 동물 농장을 방문했다. 그는 자그마한 체구에 구레나룻을 기르고 있었으며, 첫인상이 교활해 보이는 남자였다. 그는 월링던에서 별로 신임을 받지 못하는 변호사였으나 동물 농장의 사정을 잘 알고 있는 사람이었다. 그는 농장의 동물들이 인간들과 거래를 트기 위해서는 중개인이 필요할 것이며, 그 수수료도 꽤 짭짤할 것이라는 것을 계산하고 있는 영리한 사람이기도 했다.

동물들은 그가 농장에 드나드는 것을 불안한 마음으로 지켜보았다. 그리고 될 수 있는 한 그와 마주치지 않으려고 애썼다. 하지만 네 발로 서 있는 수퇘지 나폴레옹이 두 발로 서 있는 휨퍼 씨에게 명령을 내리는 모습은 정말 자랑스러워 보였다. 그래서인지 얼마 동안은 나폴레옹의 새로운 정책에 호감을 갖기도 하였다. 동물과 인간과의 관계가 옛날과는 완전히 달라져 있음을 보게 된 것이다.

하지만 동물 농장이 지금과 같이 그런 대로 잘 운영된다고 해서 인간들의 증오가 줄어든 것은 아니었다. 오히려 더 커졌다고 봐야 할 것이다. 인간들은 여전히 동물 농장이 얼마 가지 않아 망할 것이며, 풍차 건설 계획도 곧 실패할 것이라고 굳게 믿었다.

"풍차 좋아하네. 풍차는 아무나 세우는 줄 아는 모양이지? 어림도 없는 소리, 세워지기도 전에 무너질 거야. 안 무너진다 해도 풍차를 돌릴 순 없지, 아암!"

인간들은 술집에 모여 앉으면 동물 농장의 풍차 건설 계획이 실패로 끝날 것이라고 그림까지 그려 가며 떠들어 댔다. 그러는 그들 마음 한 구석에는 동물들이 농장을 잘 꾸려 가고 있다는 사실에 대해 어쩔 수 없는 존경심도 들어 있었다. 그들이 지금까지 불러 왔던 '메이너 농장'이란 말을 버리고, '동물 농장'이라고 부르기 시작한 것도 그런 징후라고 볼 수 있을 것이다. 또한 그들은 존스 씨를 더 이상 지지하지도 않았으며, 존스 또한 농장을 되찾겠다는 희망을 포기하고 다른 곳으로 이사를 가 버렸다.

중개인 휨퍼 씨를 통한 거래 외에 동물 농장과 바깥 세계 사이와의 접촉은 아무것도 없었다. 하지만 나폴레옹이 폭스우드의 농장 주인인 필킹턴이나 핀치필드의 농장 주인인 프레데릭 둘 중 한 사람과 조만간 어떤 거래를 맺으려 한다는 소문이 계속 나돌았다.

돼지들이 갑자기 존스 씨가 살던 농장의 본채로 들어가 살기 시작한 것은 이 무렵의 일이었다.

"그게 무슨 소리야? 어떤 동물도 인간이 살던 집에 들어가 살아서는 안 된다는 약속을 잊었단 말인가?"

동물들은 웅성거리기 시작했다. 그것은 동물들이 존스 씨를 내쫓고 동물 농장을 세울 때 처음 했던 약속이었다. 그러자 이번에도 스퀼러가 나서서 동물들을 납득시키기 시작했다.

"돼지들이 거기서 살고 싶어서 그런 것이 아니오. 돼지들은 이 농장을 운영하는 머리와 같은 존재가 아니오? 그렇기 때문에 그들에게는 조용히 일할 곳이 절대적으로 필요하오. 게다가 우리 지도자(그는 요즘 들어 나폴레옹을 지도자라 부르기 시작했다.)의 품위를 유지하기 위해서도 돼지우리에서 지낼 수는 없소. 당장 휨퍼 씨를 만나는 일만 해도 그렇지 않소?"

스퀼러는 여러 가지 변명을 늘어놓으며 동물들을 설득했다. 그러나 동물들은 쉽게 수긍하지 않았다. 날이 갈수록 불신감만 더해 갔다. 농장으로 들어간 돼지들이 인간처럼 부엌에서 식사를 하고, 응접실을 휴게실로 쓰며, 잠도 침대에서 잔다는 소문이 끊이지 않고 들려왔기 때문이다.

복서는 여전히 '나폴레옹의 생각은 언제나 옳다.'라는 말로 그냥 넘기려 했다. 그러나 클로버는 달랐다. 그는 '어떤 동물도 침대에서 자서는 안 된다.'라는 일곱 계명의 내용을 또렷이 기억하고 있었다. 그래서 클로버는 염소 뮤리엘과 함께 창고로 가서 벽에 씌

어 있는 일곱 계명을 읽어 보려 하였다. 왜냐하면 그는 알파벳 몇 글자밖에 읽을 수가 없었으므로 단어와 문장에 대해서는 뜻을 알지 못했기 때문이다.

"뮤리엘, 저기 네 번째 계명을 좀 읽어 줘 봐. 침대에서 자면 안 된다고 씌어 있지?"

클로버가 창고벽을 올려다보며 물었다.

"잠깐만 기다려 봐."

뮤리엘은 한 자씩 더듬거리며 읽어 내려갔다.

"맞아. 어떤 동물도 '시트가 깔린' 침대에서 자면 안 된다고 씌어 있어."

뮤리엘의 말에 클로버는 고개를 갸우뚱했다.

'참 이상한 일이다. 네 번째 계명에 '시트'에 대한 이야기가 있었 나?'

클로버는 아무리 생각을 해 봐도 기억이 나질 않았다. 그러나 벽에는 분명 그렇게 씌어 있다니 믿을 수밖에 없는 일이었다.

그때 스퀼러가 개 두세 마리를 데리고 지나가다 창고 벽을 바라보고 있는 뮤리엘과 클로버를 보았다. 그는 벌써 클로버가 무엇 때문에 거기 서 있는지 한눈에 알아보았다.

"동지들도 요즘 우리 돼지들이 침대에서 잔다는 소문을 들었소?

그런데 돼지들이 침대에서 못 잘 이유가 있는 거요? 설마 동지들은 침대를 사용할 수 없다는 규칙이 있다고 생각하는 것은 아니겠지요? 침대란 단순히 잠자는 곳을 말하오. 잠자는 곳은 누구에게나 있소. 마구간도 잠자는 곳이오. 그러니까 마구간의 짚더미도 말하자면 침대란 말이오. 잘 알아 두시오. 계명에서 금한 것은 침대가 아니라 시트요. 시트는 인간이 만들어 놓은 것이니까. 우린 침대에서 시트를 걷어 내고 담요를 깔고 자고 있소. 물론 짚더미보다는 침대가 편안하긴 하지."

"하지만 요즘 우리 돼지들의 정신적 노동을 생각해 보시오. 우린 정말 머리가 터질 지경이란 말이오. 침대가 주는 그 정도의 편안함으로는 충분치가 않소. 동지들은 설마 우리가 편안히 쉬는 것조차 못하게 하려는 것은 아니겠지? 우리 돼지들이 정말 피곤에 지쳐 해야 할 일을 다하지 못하게 하려는 것이오? 그래서 존스 씨가 다시 되돌아오기를 바라는 건 물론 아닐 테지?"

"아니오. 그런 것은 절대로 아니오."

뮤리엘과 클로버는 고개를 힘차게 저으며 아니라고 대답했다.

이렇게 하여 동물들은 돼지들이 침대에서 자는 것에 대해 더 이상 이러쿵저러쿵 불평을 늘어놓지 않았다. 그리고 며칠 뒤, 돼지들은 앞으로 다른 동물들보다 한 시간 늦게 일어나기로 했다는 발표가 나왔을 때도 이에 대해 아무 불평이 없었다.

가을이 되자 동물들의 몸은 많이 지쳐 있었지만, 그래도 마음만은 행복했다. 정말 힘들게 1년을 보냈고, 건초와 옥수수를 좀 팔았기 때문에 겨울 양식이 충분하지는 않았지만 풍차가 모든 것을 보상해 줄 거라고 생각하면 기분이 좋아지고 피로가 풀렸다.

풍차 공사는 이제 거의 절반쯤 진행되어 가고 있었다. 추수가 끝난 뒤에도 얼마 동안 맑고 건조한 날씨가 계속되었다. 동물들은 더욱 부지런히 일했다. 풍차 벽을 한 치라도 더 올릴 수 있다면 정말 보람 있는 노동이라고 생각했다.

복서는 밤에도 혼자 나와서 달빛을 받으며 한두 시간씩 더 일했다. 동물들은 쉴 틈이 생길 때마다 풍차 주위를 돌면서 스스로 대견스러워했다.

'와아, 어쩜 저렇게 훌륭하게 세울 수 있지!'

어떤 동물들은 이렇게 감탄하기까지 했다. 단지 늙은 당나귀 벤자민만이 여전히 풍차에 관심을 두지 않았다.

"당나귀는 오래 산다네."

그는 여전히 알쏭달쏭한 말밖에는 아무 말도 하지 않았다.

강한 남서풍과 함께 11월이 찾아왔다. 날씨가 너무 습해서 시멘트를 섞을 수가 없었기 때문에 풍차 공사는 잠시 중단되었다. 그

러던 어느 날 밤, 농장 건물 전체를 날릴 듯이 폭풍이 심하게 불어
왔다.

창고 지붕의 기왓장이 몇 장 날아가 버렸고, 암탉들은 겁에 질려
꼬꼬댁거리며 울었다. 그들은 멀리서 대포가 터지는 무서운 꿈을
꾸다 동시에 깜짝 놀라 잠에서 깨어났다.

아침이 되어 동물들은 건물 밖으로 나왔다. 밖은 전쟁터처럼 온
통 뒤숭숭했다.

"맙소사!"

깃발 게양대가 자빠져 있었고, 과수원 밑의 느릅나무 하나가 무
뽑히듯 뿌리째 뽑혀 있었다. 그런 광경을 둘러보고 있던 동물들의
입에서 커다란 비명이 터졌다.

"아니 이럴 수가……."

"오, 하느님!"

"우리가 지금 꿈을 꾸고 있는 건 아니지?"

동물들의 얼굴은 하나같이 일그러져 있었다. 그들이 그렇게 기
대를 걸고 애써 건설해 온 풍차가 무너진 것이었다.

그들은 일제히 현장으로 달려갔다. 좀처럼 뛰는 일이 없던 나폴
레옹도 제일 먼저 달려갔다. 동물들이 그렇게 고생하며 쌓아 온
풍차는 무너져 버리고 말았다. 그토록 힘들여 운반해 왔던 돌들은

사방으로 흩어져 있었다.

그 광경을 지켜보는 동물들은 넋이 나간 듯 아무 말이 없었다. 나폴레옹도 말없이 왔다 갔다 하며 가끔씩 코를 땅에 대고 쿵쿵거리며 무슨 냄새를 맡았다. 그러더니 그의 꼬리가 갑자기 빳빳해지고 좌우로 심하게 떨렸다. 이것은 그에게 지금 격렬한 정신 활동이 일어나고 있다는 신호였다. 나폴레옹이 무엇인가 결심한 듯 갑자기 멈춰 섰다.

"동지들."

그는 조용히 동물들을 향해 입을 열었다.

"이게 누구의 짓인지 아오? 지난밤 우리 농장에 침입하여 풍차를 무너뜨린 적이 누군지 아느냐 말이오? 스노볼! 바로 스노볼의 짓이오."

나폴레옹은 점점 더 큰 소리로 외쳤다.

"스노볼이 이곳에서 쫓겨난 분풀이로 앙심을 품고 우리 일을 방해한 것이오. 그 반역자는 어둔 밤을 틈타 농장으로 숨어 들어와 우리가 거의 1년 가까이 공사를 해 온 풍차 건설을 파괴한 것이오. 우리의 피땀이 어린 이 풍차를 말이오. 동지 여러분, 지금 나는 이 자리에서 스노볼에게 사형을 선고하는 바이오. 누구든 그를 죽이는 자는 '동물 영웅 2등 훈장'과 사과 반 상자를, 그를 산 채로 잡아오는 자에게는 사과 한 상자를 줄 것이오."

나폴레옹의 말에 동물들은 큰 충격을 받은 듯 멍한 표정들을 지었다.

"세상에, 스노볼이 이런 짓을 하다니……."

"스노볼을 그냥 둘 순 없어."

"암, 그냥 둘 수 없지. 나쁜 놈!"

"나타나기만 하면 요절을 내야 해. 우리 일을 이렇게 방해하다니……."

"그러게 말이야. 그래도 좀 불쌍하다는 생각을 하고 있었는데 그게 아니네!"

동물들이 웅성거리고 있는 사이에 언덕에서 약간 떨어진 풀밭에 돼지 발자국이 있다는 소리가 들려왔다.

"어서 가봅시다."

동물들이 모두 우르르 그 발자국을 따라가 보니 울타리 구멍으로 연결되어 있었다.

나폴레옹은 그 발자국의 냄새를 킁킁거리며 열심히 맡더니 확신에 찬 어조로 입을 열었다.

"음, 역시 스노볼의 발자국이오. 놈이 폭스우드 농장 쪽에서 들어온 것이 분명하오. 동지들, 우리는 더 이상 지체해서는 안 되오. 우리에겐 할 일이 너무도 많소. 바로 지금부터 우리는 풍차 건설을 다시 시작해야 하오. 이제 비가 오든 눈이 오든 겨우내 공사를 계속할 수밖에 없소. 그리하여 놈에게 확실히 보여 줍시다. 우리 일을 그렇게 쉽게 망가뜨릴 수 없다는걸. 동지 여러분, 모두 잊지 마시오. 우리 계획은 앞으로도 변동이 없을 것입니다. 승리의 그날까지 힘차게 밀고 나갈 것입니다. 우리 모두 앞으로 나아갑시다. 동지 여러분! 풍차 만세! 동물 농장 만세!"

나폴레옹의 속임수와 독재

매우 추운 겨울이었다. 꽁꽁 얼어붙은 땅은 2월이 다 지나도록 좀처럼 녹을 줄을 몰랐다. 그 추운 겨울에도 동물들은 풍차를 다시 세우는 일에 온 힘을 쏟았다. 외부 세계의 눈길이 동물 농장을 지켜보고 있었다. 만약에 풍차가 제때 세워지지 않으면 시기심 많은 인간들이 손뼉을 치며 환호할 것이 분명했다.

인간들은 스노볼이 풍차를 무너뜨렸다는 걸 믿으려 하지 않았다. 풍차가 무너진 것은 벽을 너무 얇게 쌓아올렸기 때문이라는 것이다. 동물들은 그 말을 인정하진 않았지만 만약의 경우를 대비해 이번에는 지난번 18인치 두께보다 더 두껍게 쌓기로 했다. 그런데 이것은 그만큼 더 많은 양의 돌이 들어야 한다는 것을 뜻하는 것이었다.

돌산의 채석장에는 눈이 쌓여 있어서 아무것도 할 수가 없었다. 추운 날씨에도 공사는 계속 진행되었지만 너무도 힘들고 어려운 일이었다. 동물들은 이전처럼 풍차를 건설하는 일에 희망을 갖고 있지 않았다. 그들은 늘 춥고 배가 고팠다. 오직 복서와 클로버만이 용기를 잃지 않고 있었다.

스퀼러는 봉사의 기쁨과 일의 신성함에 대하여 훌륭하게 연설을 했지만 별로 감동을 주지 못했다. 오히려 복서의 넘치는 힘과 '내가 조금 더 열심히 일하자.'라는 그의 신념과 의지에서 더 감화를 받았다.

1월로 접어들면서 식량이 바닥나기 시작했다. 옥수수 배급량을 줄이고 그 대신 감자를 더 배급한다는 발표가 나왔다. 그러나 감자도 대부분 관리를 잘못하여 얼어 버렸다는 사실을 나중에 알게 되었다. 얼어 버린 감자는 대부분 물렁물렁해지고 시커멓게 썩어서 먹을 수 있는 게 얼마 되지 않았다. 동물들은 여러 날 동안 형편 없는 것으로 배를 채워야 했다. 드디어 굶주림이 눈앞에 닥쳐온 것이다.

그러나 이런 사실이 바깥 세상에 알려지는 것은 원치 않았다. 누구보다도 인간들이 좋아할 테니까. 풍차가 무너진 뒤로 인간들은 힘을 얻어 동물 농장에 대한 새로운 거짓말들을 만들어 퍼뜨렸다. 동물들은 지금 굶주림과 질병으로 다 죽어 가고 있으며, 싸움은 그칠 날이 없고, 서로 잡아먹기 위해 새끼들까지 죽인다는 것이다.

나폴레옹은 동물 농장의 식량 사정이 외부로 알려질 경우 좋지 않은 결과가 올 것이라는 걸 알고 있었다. 그래서 휨퍼 씨를 이용해 반대 소문을 퍼뜨리기로 작정했다.

지금까지 동물들은 매주 찾아오는 휨퍼 씨에 대해 접촉을 꺼려 왔다. 그러나 나폴레옹은 몇몇 동물(대부분 양들)들로 하여금 휨퍼 씨가 들을 수 있는 곳에서 자기들끼리 요새 식량 배급이 늘었다는 말을 하게 시켰다. 뿐만 아니라 나폴레옹은 식량 창고의 텅 비어 있는 식량통들을 모래로 가득 채우고, 그 위를 남은 곡식으로 살짝 덮게 했다. 그런 다음 적당한 구실을 붙여 휨퍼 씨를 창고로 안내해서 식량이 가득 담긴 통들을 볼 수 있게 했다.

"허어-, 식량이 아주 가득하네요. 동물들이 굶주린다는 것은 헛소문이었구려."

휨퍼 씨는 창고 안을 둘러보며 눈이 휘둥그레졌다.

"헛소문이고말고요. 우리는 식량이 넘쳐납니다."

나폴레옹은 능글맞은 미소를 띠며 말했다.

휨퍼 씨는 나폴레옹의 꾀에 영락없이 속아 넘어가고 말았다.

"동물 농장에는 식량이 가득하오. 내 눈으로 직접 봤소이다. 동물들이 굶주린다는 말은 모두 헛소문이오."

휨퍼 씨는 나폴레옹의 작전대로 떠들고 다녔다.

그러나 1월 말이 되어 가면서 동물 농장의 곡식은 완전히 바닥이 났다. 이제 어디서든 곡식을 구해 오지 않으면 안 되게 되었다. 식량 사정이 이렇게 나빠졌는데도 나폴레옹은 코빼기도 내비치지 않았다. 그는 요즘 존스 씨가 살던 농장 주택에 틀어박혀 지냈다. 그리고 사납게 생긴 개들이 문이란 문은 모두 지키고 있었다. 그가 모처럼 밖으로 나들이를 할 때에는 사나운 아홉 마리의 개들이 호위를 하고 다녔다. 개들은 나폴레옹을 에워싸고 다녔으며, 누구든 그에게 가까이 접근하면 금세라도 달려들 듯 사나운 얼굴로 으르렁거렸다. 나폴레옹은 일요일 아침 회의에도 자주 불참했고, 필요한 말은 대개 스퀄러를 통하여 전달했다.

어느 일요일 아침이었다. 스퀄러는 알을 낳으러 닭장에 들어온 암탉들에게 말했다.

"동지들, 알을 생산해 내느라 수고가 많소. 이제 암탉 동지들은 낳은 알을 모두 내놓도록 하시오."

"그게 무슨 소리요? 그럴 수는 없소."

"다짜고짜 알을 내놓으라니, 이런 법이 어디 있소?"

암탉들은 비명을 지르며 놀라 펄쩍 뛰었다. 그리고 고개를 저었다. 암탉들은 이런 희생이 있어야 할 것이라고 듣긴 하였지만 이렇게 빨리 현실로 다가올 줄은 꿈에도 몰랐던 것이다.

"우리 모두의 농장을 위한 일이오. 이미 휨퍼 씨와 1주일에 4백 개씩을 팔기로 계약을 하였소."

나폴레옹은 그 달걀 값으로 동물들의 식량을 사들여 사정이 좋아질 여름까지 버텨 볼 심산이었다. 그러나 암탉들의 반대도 만만찮았다.

"그럼, 우리는 어떻게 병아리를 키운단 말이오? 알이 있어야 봄에 품어서 병아리를 키울 게 아니오? 그렇게 알을 다 내놓으라고 하는 것은 병아리를 죽이는 행위나 다름없소."

"맞소. 그 말은 따를 수 없소."

암탉들은 화가 나서 참을 수가 없었다. 봄철 부화 시기에 맞추어 품을 알들을 이제 낳아서 모으는 중이었다. 그런데 그 소중한 알들을 다 내놓으라니…….

농장에서는 존스 씨를 몰아 낸 이후, 처음으로 반란 비슷한 사태가 일어났다. 암탉들이 나폴레옹의 명령을 거부하고 집단 행동에 들어간 것이다. 주동자는 검은 털을 가진 미노르카종의 암탉 세 마리였다.

"우리는 그 명령에 따를 수 없소."

"따를 수 없소."

암탉들은 곧 행동으로 옮기려 했다. 지붕 밑의 서까래로 날아 올라가서 알을 낳아 바닥으로 떨어뜨려 깨지게 하려는 것이었다. 강제로 알을 빼앗기느니 그렇게라도 하여 버텨 보려는 것이다.

나폴레옹은 그 소식을 듣고 크게 화를 냈다.

"이런 괘씸한……. 암탉들의 식량 배급을 당장 중지하시오. 만약 암탉들에게 한 톨의 양식이라도 주는 자가 있다면 사형에 처할 것이오."

나폴레옹의 명령이 떨어지자 사나운 개들이 동물들을 감시하기 시작했다. 누구라도 암탉에게 양식을 주었다가는 당장에 요절이 날 판이었다.

그렇게 닷새가 지났다.

"에휴, 도저히 버틸 수가 없소. 이러다가는 우리 모두 다 죽고 말 것이오."

암탉들은 하나둘 쓰러져 갔다.

"그렇게 합시다. 너무도 슬픈 일이지만 살기 위해 항복합시다."

마침내 암탉들은 항복을 하고 닭장으로 되돌아왔다. 그 사이 암닭 아홉 마리가 죽었다. 그들의 시체는 과수원에 묻혔는데, '콕시디움'이라는 병으로 죽었다고 발표되었다.

휨퍼 씨는 이번 사건에 대해 아무것도 눈치채지 못했으며, 달걀은 계약대로 그의 손에 넘겨졌다. 식료품점의 마차는 1주일에 한 번씩 농장에 와서 달걀들을 실어 갔다.

그러는 동안 농장에서 쫓겨난 스노볼의 행적은 깜깜하기만 했다. 떠도는 소문으로는 그가 인근의 폭스우드 농장이나 핀치필드 농장에 숨어 있을 거라고 했다.

이 무렵 나폴레옹과 두 농장의 관계는 전보다 많이 좋아지고 있었다. 마침 동물 농장의 마당에는 10년 전 너도밤나무 숲을 잘라냈을 때 베어 놓은 목재 더미가 잘 마른 채로 쌓여 있었다.

"저 나무들을 팔면 어떻겠소? 폭스우드 농장의 필킹턴 씨와 핀치필드 농장의 프레데릭 씨가 그것을 사고 싶어 한다오."

휨퍼 씨는 나폴레옹에게 그 목재들을 팔라고 권했다. 나폴레옹은 휨퍼 씨의 말에 귀가 솔깃했으나 얼른 누구에게 팔지 결정을 내리지 못하고 있었다. 그가 필킹턴 씨에게 목재를 팔기로 마음이 기울어지면 폭스우드 농장에 스노볼이 숨어 있다는 소리가 들렸고, 반대로 프레데릭 씨에게 기울어지면 이번엔 핀치필드 농장에 숨어 있다는 소리가 들려왔기 때문이다.

"음, 목재를 팔긴 팔아야 하는데…….."

나폴레옹은 이러지도 저러지도 못하고 고민만 했다.

그런데 이른 봄 어느 날에 놀라운 사실이 하나 밝혀졌다. 스노볼이 밤을 틈타 그동안 동물 농장을 수없이 드나들었다는 것이다. 이 말을 들은 동물들은 불안해서 잠을 이루지 못했다. 떠도는 소문에 의하면 스노볼은 매일 밤 농장으로 들어와 옥수수를 훔치고, 우유통을 엎고, 달걀을 깨뜨리고, 묘목을 짓밟으며, 과일 나무의 껍질을 물어뜯어 놓는다는 것이었다. 그러다 보ㅂ니 동물들은 뭔가 조금만 잘못된 일이 있어도 무조건 스노볼의 짓으로 돌려 버렸다.

"지난밤에 창문이 깨졌더라고."

"배수구도 막혔어."

"스노볼의 짓이 틀림없어."

"식량 창고의 열쇠가 없어졌어."

"보나마나 스노볼이 들어와 열쇠를 우물에 던져 넣었을 거야."

동물들은 모두 고개를 끄덕였다. 그러나 열쇠는 나중에 식량을 담은 자루 밑에서 발견되었다. 그래도 동물들은 여전히 스노볼의 짓이라고 믿었다.

"글쎄 스노볼이 밤에 몰래 들어와 우리가 잠자고 있는 틈을 타서 젖을 짜 갔다니까요."

암소들은 입을 모아 떠들어 댔다.

"쥐들이 스노볼과 한패요."

그해 겨울 여러모로 골칫거리였던 쥐들이 스노볼과 한패였다는 소문도 나돌았다.

"스노볼의 행위에 대해 전면적으로 조사를 하시오."

마침내 나폴레옹은 스노볼에 대해 철저히 조사할 것을 명령했다. 그리고 자신도 개들의 호위를 받으며 직접 농장 구석구석을 돌아다니며 샅샅이 조사했다. 다른 동물들은 그런 그를 존경하는 눈으로 바라보며 따라다녔다.

나폴레옹은 몇 걸음 걷다가 멈추고는 스노볼의 발자국 흔적을 찾아본다고 코를 땅에 댄 채 킁킁거렸다.

"냄새로 녀석이 왔다갔는지를 알 수 있지."

그는 창고에서, 외양간에서, 닭장에서, 채소밭에서 스노볼의 냄새를 맡기 위해 코를 킁킁거렸고, 어디서나 녀석의 냄새를 찾아냈다. 그럴 때마다 나폴레옹은 코를 땅에 댄 채 숨을 몇 번 크게 들이쉬고 무서운 소리로 외쳤다.

"스노볼이야. 녀석이 틀림없이 여기도 왔다 갔어. 내 코는 속이지 못해."

　나폴레옹이 스노볼이라는 이름을 댈 때마다 사나운 개들은 무서운 이빨을 드러내며 잡아먹을 듯이 으르렁거렸다.

　동물들은 모두 공포에 떨었다. 스노볼이 마치 보이지 않는 유령처럼 떠돌아다니며 그들을 위협하고 있는 것 같았다.

　저녁때가 되자 스퀼러가 동물들을 한 자리에 모아 놓고 놀라운 표정으로 중대한 소식이라며 입을 열었다.

"동지 여러분, 아주 놀라운 사실이 밝혀졌소이다. 스노볼이 핀 치필드 농장의 프레데릭에게 붙어서 우리를 공격하여 농장을 빼 앗으려는 흉계를 꾸미고 있다는 것이오. 전쟁이 일어나면 스노볼 은 프레데릭의 앞잡이가 되리라는 것입니다. 그러나 그보다 더 악 랄한 것이 있소이다. 스노볼의 배신은 그의 허영심과 야심 때문이 었다고 우리는 그동안 알고 있었소. 그런데 동지들, 알고 보니 그 것이 아니었소이다. 진짜 이유가 무엇인지 아시오? 스노볼은 처 음부터 존스 씨와 한패였던 것이오. 다시 말하면 그는 존스 씨의 첩자였단 말이오."

그러자 동물들이 웅성거리기 시작했다. 믿기 어렵다는 표정이 었다.

"아니, 그게 정말이오?"

"믿을 수가 없어. 스노볼이 존스 씨와 한패였다고?"

"뭔가 잘못 알고 있는 거요. 스노볼이 그럴 리가 없소."

동물들은 말도 안 되는 소리라며 한마디씩 했다.

"이 사실은 스노볼이 남기고 간 문서에서 밝혀진 것이오. 그 문 서는 바로 얼마 전에 발견되었소이다. 이것은 많은 것을 우리에게 가르쳐 주리라 생각하는 바이오. 스노볼이 '외양간 전투'에서 우리 에게 패배를 안겨 주려한 사실을 잊지는 않았겠지요?"

동물들은 어안이 벙벙하여 아무 말도 못했다. 이 말이 사실이라면 그것은 풍차를 파괴한 것보다 더 악랄한 짓이 틀림없지 않은가. 그러나 동물들은 쉽게 스퀼러의 말을 받아들이기가 어려웠다. 그들은 아직도 '외양간 전투'를 기억하고 있었다. 스노볼이 누구보다도 앞장서서 적을 향해 달려가던 모습, 어려울 때마다 다른 동물들을 격려하고 지원하던 모습, 무엇보다도 등에 존스 씨의 총을 맞고 피를 흘리면서 용감하게 싸우던 모습……. 그런 그가 존스 씨와 한패였다니, 이야기의 앞뒤가 맞지 않아 동물들은 한동안 혼란스러웠다.

여간해서 의심을 하지 않는 복서까지도 어리둥절했다. 그는 앞발을 꿇고 앉아 눈을 지그시 감고 생각을 정리하려 애썼다.

"난 믿을 수가 없어. 스노볼은 '외양간 전투'에서 누가 봐도 열심히 싸웠소. 내 눈으로도 똑똑히 보았단 말야. 그리고 우리는 그에게 '동물 영웅 1등 훈장'을 주지 않았소?"

복서는 힘을 주어 말했다.

"그게 바로 우리들의 잘못이었소. 우린 이제야 그 사실을 알게 된 것이오. 그는 우리를 패배의 구덩이로 몰아넣으려고 하였소. 이건 그가 남긴 비밀 문서에 모두 적혀 있는 사실이오. 우리는 그것을 이제야 안 것이오."

스퀄러는 변명을 늘어 놓았다.

"하지만 스노볼은 총을 맞아 부상까지 당했소이다. 그가 피를 흘리며 싸우는 것을 보지 않았소?"

"그것도 그의 계략이란 말이오. 존스 씨의 총알은 스노볼의 등을 살짝 스치고 지나갔을 뿐이오. 그것이 다 계략임을 스노볼은 자신의 문서에 적어 놓았소. 아, 동지들이 읽을 수만 있다면 그 문서를 보여줄 수 있을 텐데. 결정적인 순간에 그는 후퇴 신호를 내려 적에게 모든 것을 넘겨주려고 한 것이오. 그때 만일 우리의 영웅적인 지도자 나폴레옹 동지가 없었다면 아마 그의 계획은 성공했을 것이 틀림없소. 존스 씨와 그의 일당들이 마당으로 들어섰을 때 스노볼이 갑자기 돌아서서 도망치자 다른 동물들이 덩달아 같이 도망쳤던 것을 여러분은 기억하고 있지 않소? 그리고 바로 그 순간, 모든 것이 끝났다고 생각하는 그때에 나폴레옹 동지가 나타나 '인간들을 몰아내자!'고 외치며 존스 씨의 다리를 물어뜯은 것도 여러분은 기억하고 있을 것이오. 그렇지 않소?"

스퀄러가 껑충껑충 뛰어다니며 소리쳤다. 그가 너무도 생생하게 당시의 전투 장면을 설명하였기 때문에 동물들은 고개를 끄덕였다. 실제로 외양간 전투에서 동물들이 위기에 처했을 때 스노볼은 도망을 쳤던 것이다. 그러나 복서는 여전히 마음이 개운치 않았다.

"나는 스노볼이 처음부터 반역자였다고는 생각하지 않소. 그가 나중에 한 짓은 그렇다 치더라도 '외양간 전투'에서 그는 정말 훌륭하게 싸운 우리의 동지였단 말이오. 아무래도 뭔가 착오가 있는 듯하오."

복서는 아직도 스노볼에 대한 믿음을 가지고 있는 듯했다.

"우리의 지도자 나폴레옹 동지는 스노볼이 처음부터 존스 씨의 첩자였고, 동물들의 반란이 있기 오래전부터 이미 첩자 노릇을 했다고 말씀하셨소."

스퀼러는 복서를 노려보며 단호하게 말했다.

"아―, 그래요? 그렇다면 얘기가 다르지요. 나폴레옹 동지가 그렇다고 하면 그 말이 틀림없을 것이오. 나폴레옹 동지는 항상 옳으니까."

복서가 갑자기 태도를 바꿔 말했다.

"동지, 잘 생각하였소."

스퀼러는 목소리를 부드럽게 하여 말했다. 그러나 그의 날카로운 눈빛은 복서를 무섭게 흘겨보았다. 그는 돌아서서 가다가 잠시 걸음을 멈추고 한마디 덧붙였다.

"내가 경고해 두겠소. 우리 농장의 모든 동물들은 앞으로 눈을 크게 뜨고 있어야 할 것이오. 스노볼의 첩자들이 지금 이 순간에도 우리들 사이에 숨어 있다는 걸 알아야 한단 말이오."

동물들은 아무 말도 못하고 두려운 표정을 지었다.

그로부터 나흘이 지난 늦은 오후, 나폴레옹은 모든 동물들에게 창고로 모이라고 명령을 내렸다. 동물들이 다 모이자 그는 훈장 두 개(그는 최근 '동물 영웅 1등 훈장'과 '동물 영웅 2등 훈장'을 자기 자신에게 주었다.)를 달고 나타났다.

그의 주위에는 사나운 개 아홉 마리가 이리저리 뛰어다니면서 동물들을 노려보며 으르렁거렸다. 동물들은 등골이 오싹했다. 무언가 무서운 일이 일어날 것 같은 불길한 생각이 들었다. 그래서 각자 자기 자리로 가서 몸을 움츠리고 앉았다.

나폴레옹은 동물들을 날카로운 눈빛으로 한번 죽 둘러보았다. 그리고 '꽤액–' 하며 날카로운 소리를 질렀다. 그러자 사나운 개들이 앞으로 뛰쳐나와 돼지 네 마리의 귀를 덥석 물었다. 그리고 아픔과 공포에 질려 비명을 질러 대는 그들을 나폴레옹의 발 밑으로 끌고 왔다. 돼지들의 귀에서는 어느새 붉은 피가 철철 흘러내렸다. 피맛을 본 개들은 미친 듯이 한동안 날뛰었다.

동물들이 더욱 놀란 것은 개 세 마리가 갑자기 복서에게 덤벼든 것이었다. 복서는 개들이 덤벼들자 커다란 앞발을 들어 그중 한 마리를 공중에서 낚아채 바닥에 패대기치며 짓눌러 버렸다. 그 개가 살려 달라고 비명을 지르자 다른 두 마리는 겁에 질려 꼬리를 감추고 도망쳤다. 복서는 이 개를 그대로 밟아 죽일 것인지, 아니면 살려 줄 것인지 물어보듯 나폴레옹의 얼굴을 바라보았다.

나폴레옹은 얼굴색이 변하며 입을 열었다.

"그 개를 죽이지 마시오."

나폴레옹이 엄숙히 말하자 복서는 힘을 주고 있던 앞발을 들어올렸다. 그러자 개는 깨갱거리며 다친 몸을 끌고 달아났다. 소란은 금세 가라앉았다.

나폴레옹 앞에 끌려간 돼지 네 마리는 몸을 부들부들 떨면서 겁에 질린 채 처분을 기다리고 있었다. 그들은 나폴레옹이 '일요일 회의'를 폐지한다고 했을 때 항의를 했던 젊은 돼지들이었다.

"너희들의 죄를 모두 말하라!"

나폴레옹이 소리쳤다.

돼지들은 얼마 다그치지도 않아서 스노볼이 추방된 뒤 지금까지 죽 그와 몰래 접촉해 왔고, 스노볼과 짜고 풍차를 파괴하였으며, 동물 농장을 프레데릭에게 넘겨주기로 그와 음모를 꾸몄다고 순순히 자백했다. 그와 함께 스노볼이 지난 몇 년 동안 존스 씨의 첩자 노릇을 해 왔다는 사실을 자기들에게 알려 주었다고 덧붙였다.

젊은 돼지들의 자백이 끝나자마자 사나운 개들이 즉시 달려들어 그들의 목을 물어뜯어 버렸다. 정말로 끔찍한 순간이었다.

"또 자백할 것이 있는 동지들은 앞으로 나오시오."

나폴레옹이 무섭게 노려보며 소리쳤다. 그러자 달걀 문제로 반란을 주도했던 암탉 세 마리가 겁에 질린 채 앞으로 나왔다.

"동지들은 무엇을 잘못했소?"

"스노볼이 꿈에 나타나서 나폴레옹 동지의 명령에 따르지 말라고 했습니다. 그래서 그만 생각을 잘못하여……."

그러나 암탉들은 말을 채 끝맺기도 전에 개들에게 물려 참혹하게 죽임을 당하고 말았다.

"다른 동지들은 없소?"

나폴레옹의 눈빛은 무섭게 빛났다.

그러자 이번에는 거위 한 마리가 나와서 작년 추수 때 옥수수 이삭 여섯 개를 밤에 훔쳐 먹었다고 자백했다. 그 다음 양 한 마리가 자기는 먹는 물웅덩이에 몰래 오줌을 쌌는데 스노볼이 시켜서 한 짓이라고 했다. 다른 양 두 마리는 기침병에 걸린 늙은 숫양 한 마리(그 숫양은 나폴레옹을 몹시 떠받들던 추종자였다.)를 죽였다고 실토했다. 이들은 모두 사나운 개들에게 죽임을 당하였다. 자백과 처형은 이런 식으로 계속되었다. 나폴레옹의 발 밑에는 죽은 동물들의 시체가 쌓여갔다. 존스 씨를 몰아낸 후 처음으로 온 농장 안에 피비린내가 진동했다.

처형이 끝나자 돼지와 개들을 제외한 나머지 동물들은 한 덩이가 되어 창고를 빠져나갔다. 그들은 모두 겁에 질려 있었고, 충격을 받은 나머지 아무런 말도 꺼내지 못했다. 존스 시절에도 이런 끔찍한 사건은 더러 있었지만 이번 사건은 같은 동물들 사이에서 일어난 일이기에 더욱 참담하게 느껴졌다. 존스 씨가 추방당한 이후 지금까지 농장에서는 어떤 동물도 서로 해친 적이 없었다. 쥐한 마리도 죽인 일이 없었다.

동물들은 창고를 빠져나와 풍차가 반 정도 완성된 언덕으로 올라갔다. 그들은 거기서 서로의 따뜻한 체온을 나누려는 듯 한 덩이가 되어 웅크리고 앉았다. 클로버, 뮤리엘, 벤자민, 암소들, 양들, 그리고 거위와 암탉들이었다. 고양이만 보이지 않았다. 고양이는 나폴레옹이 동물들에게 창고로 모이라는 명령을 내리기 전갑자기 어디론가 사라지고 없었다.

동물들은 한동안 아무도 입을 열지 않았다. 복서만이 앉지 못하고 서 있었다. 그는 서성대면서 길고 검은 꼬리를 들어 옆구리를 탁탁 치며 놀라움에 힝힝 한숨을 내쉬었다. 그러다 마침내 그가입을 열었다.

"아무리 생각해도 이해가 안 되오. 정말 이해할 수 없는 노릇이오. 이런 일이 우리 농장에서 일어나다니. 우리들 자신에게 뭔가 큰 문제가 있는 것이 틀림없소. 내가 보기에는 우리가 좀 더 열심히 일하는 것만이 해결책인 듯싶소. 그래서 난 내일부터 아침에 한 시간씩 더 먼저 일어나야겠소.”

말을 마친 복서는 무거운 걸음을 돌산의 채석장으로 옮겼다. 그러고는 연거푸 두 수레분의 돌을 실어 풍차 공사장으로 나른 다음 잠을 자기 위해 마구간으로 향했다.

동물들은 클로버를 에워싼 채 여전히 아무 말도 없었다. 그들이 앉아 있는 언덕 위에서는 마을의 풍경이 한눈에 들어왔다. 동물 농장도 마찬가지였다. 큰길로 뻗은 긴 목초지, 작은 숲, 물웅덩이, 밀 이삭들이 푸르게 자라고 있는 밀밭, 굴뚝에서 연기가 모락모락 피어오르고 있는 농장 건물의 빨간 지붕들……. 맑게 갠 봄날의 저녁이었다. 파릇파릇 새싹이 돋아나고 있는 울타리는 저녁 햇살을 받아 황금빛으로 빛나고 있었다. 동물들의 눈에는 농장이 지금처럼 멋있게 보인 적이 없었다. 그리고 이 모든 것이 자기들의 소유라는 생각이 들자 기쁨이 솟아올랐다.

언덕을 내려다보던 클로버의 눈에 눈물이 고였다. 자기 생각을 말할 수 있었다면 클로버는 이렇게 말했을 것이다. ‘여러 해 전 반란을 일으켜 인간들을 내쫓는 일에 가담했을 때는 오늘의 이런 모습을 보기 위해서가 아니었다’고. 분명 이와 같은 공포와 학살의 장면은 늙은 메이저가 바라고 꿈꾸던 일이 아니었을 것이다.

클로버가 꿈꾸는 미래의 모습은 모든 동물들이 굶주림과 채찍질로부터 벗어나고, 모든 동물들이 평등하며, 자기 능력에 맞게 일하는 사회, 메이저가 연설하던 그날 밤 그가 어미 없는 새끼 오리들을 감싸주듯 강자가 약자를 보호해 주는 그런 사회였다.

그런데 지금의 현실은 그게 아니었다. 아무도 자기 생각을 말하지 못하고, 사나운 개들이 으르렁거리고 돌아다니며, 동물들에게 무서운 죄를 자백하게 한 다음 처형하는 사회였다.

그렇다고 클로버가 마음속에 불복종이나 반란을 꿈꾸고 있는 것은 아니었다. 지금의 사태가 이렇게까지 되었을지언정 그래도 과거 존스 시절보다는 나았다. 인간들이 농장을 다시 차지하는 일이 있어서는 안 된다는 것을 그는 잘 알고 있었다. 그렇기 때문에 무슨 일이 있어도 그는 이 농장에 충성을 다해야 하고, 주어진 명령에 잘 따르며, 나폴레옹의 지도를 잘 받아들일 것이다. 그러나 클로버와 다른 동물들이 희망을 갖고 열심히 일했던 것은 오늘과 같은 이런 일을 위해서가 아니었다. 풍차를 세우고, 존스 씨의 총탄에도 맞선 것은 이렇게 되기 위해서가 아니었던 것이다. 클로버가 자기의 생각을 비록 말로 표현하지는 못했지만 그의 머릿속에 맴도는 생각은 바로 이런 것이었다.

마침내 클로버는 말로 다 표현할 수 없는 마음을 대신하려는 듯

「영국의 동물들」이란 노래를 부르기 시작했다. 그러자 그의 주위에 있던 다른 동물들도 일제히 따라 불렀다. 그들은 천천히, 그리고 슬프게 세 번이나 반복해서 그 노래를 불렀다.

그들이 세 번째 노래를 막 끝마쳤을 때, 스퀼러가 두 마리의 개를 데리고 다가왔다. 그의 표정으로 보아 뭔가 중요한 일이 있는 듯해 보였다.

"나폴레옹 동지의 특별 명령을 전달하겠소. 지금 이후부터 「영국의 동물들」이란 노래를 부르는 일은 금지하오."

스퀼러는 굳은 표정으로 소리쳤다.

"왜 금지시키는 거요?"

뮤리엘이 이상하다는 듯이 물었다.

"동지들, 이제 「영국의 동물들」이란 노래는 필요하지 않게 되었소. 원래 이 노래는 우리가 반란을 일으킬 때 불렀던 노래요. 그런데 그 반란은 모두 끝이 났소. 오늘 오후 반역자들을 처형함으로써 마무리되었단 말이오. 이제 농장 안팎의 적들은 모두 처단되었소. 「영국의 동물들」이란 노래에서 우리는 보다 나은 미래에 대한 동경을 표현하였소. 그런데 이제 그런 사회가 건설되었으니 이 노래는 더 이상 부를 필요가 없게 되었단 말이오."

스퀼러는 동물들을 노려보며 딱딱하게 말했다.

동물들은 겁을 먹고 있으면서도 스퀄러의 말에 항의를 할 듯한 태도였다. 그러나 그 순간 양들이 보통 때처럼 '네 발은 좋고, 두 발은 나쁘다'를 몇 분간 계속해서 외쳐 대는 바람에 사그러들고 말았다.

그 이후 「영국의 동물들」이란 노래는 농장에서 다시는 들을 수 없게 되었다. 그 대신 시를 쓰는 돼지 미니무스가 다른 노래를 지어 주었다.

동물 농장이여!
동물 농장이여!
내가 그대를 지켜주리!

이제 매주 일요일 아침, 동물들은 깃발을 게양한 뒤에 이 노래를 합창했다. 그러나 새 노래의 가사나 곡조는 먼저 부르던 「영국의 동물들」처럼 그들의 가슴 깊이 와 닿지 않았다.

동물 농장의 위기

며칠이 지나면서 동물들은 지난번 처형 사건으로 인한 공포에서 벗어나기 시작했다. 그리고 몇몇 동물은 일곱 계명 중 '어떤 동물도 다른 동물을 죽여서는 안 된다.'라는 여섯 번째 계명을 기억해 냈다. 그들은 돼지나 개들이 듣는 자리에서는 감히 이 계명에 대해 말하지 못했지만, 지난번의 동물 처형은 분명히 이것에 위배된다는 생각을 갖고 있었다.

"벤자민, 당신은 분명히 저 여섯 번째 계명을 읽을 수 있지요?"

클로버는 벤자민을 일곱 계명이 씌어 있는 창고로 데리고 와 말했다.

"클로버, 미안하지만 난 이런 일에 끼어들고 싶지 않아요."

벤자민은 정중하게 거절했다.

그래서 클로버는 염소 뮤리엘을 데리고 왔다. 뮤리엘은 여섯 번째 계명을 클로버에게 또박또박 읽어 주었다.

"어떤 동물도 이유 없이 다른 동물을 죽여서는 안 된다."

뮤리엘의 소리를 듣고 클로버와 다른 동물들은 깜짝 놀랐다.

"이상한 일이네. 거기에 '이유 없이'라는 말이 들어 있었나?"

"그러게. 기억이 나질 않네."

동물들은 '이유 없이'라는 말에 고개를 갸우뚱거렸다.

어찌된 일인지 전혀 들은 기억이 없기 때문이었다.

"우리는 분명히 계명을 위반한 적이 없지?"

"물론이지. 스노볼과 공모한 동지, 아니 반역자들은 죽일 만한 충분한 이유가 있었어."

"우린 잘못한 게 없으니까 이유 없이 죽이진 않을 거야."

동물들은 떠들어대며 흩어졌다.

그해 내내 동물들은 지난해보다 더욱 열심히 일했다. 농장의 일도 해 가면서, 벽의 두께를 지난번보다 두 배나 더 두껍게 쌓아 정해진 날짜에 맞춰 풍차 건설을 완성해야 하는 일은 여간 힘들고 고된 일이 아니었다. 존스 시절보다 일은 더 많이 하는데 먹을 것은 조금도 나아진 것이 없다고 생각하는 동물들도 있었다.

일요일 아침이면 스퀼러가 기다란 두루마리 종이를 펴서 앞발로 들고는 농장의 각종 식량 생산이 2백 퍼센트, 3백 퍼센트, 또는 5백 퍼센트 늘어났다고 발표했다. 동물들은 반란 이전의 상태에 대해 벌써 기억하지 못하고 있었다. 그렇기 때문에 스퀼러의 말을 그대로 믿을 수밖에 없었다. 그건 아무래도 좋았다. 그저 식량 배급이라도 좀 늘려 주었으면 좋겠다는 생각이 들 때가 많았다.

이제 동물들에게 내리는 모든 명령은 스퀼러나 다른 돼지들을 통해서 전달되었다. 나폴레옹은 두 주일에 한 번 정도 말고는 대중 앞에 모습을 나타내지 않았다. 모처럼 한 번 모습을 나타낼 때에는 사나운 개들이 반드시 그를 에워싸고 다녔으며, 검은 수탉 한 마리가 앞에서 행진하며 나팔수 노릇을 했다. 수탉은 나폴레옹이 연설하기 전 '꼬끼오!' 하고 외쳐 분위기를 잡았다.

나폴레옹은 농장의 집에서조차 다른 돼지들과는 다른 방을 쓴다는 소문이 돌았다. 그는 자기 방에서 개 두 마리의 시중을 받으며 혼자 식사를 하고, 식사 때에는 응접실의 장식장에서 아주 고급 식기를 사용한다는 것이었다.

깃발 게양대에서는 매년 두 번의 경축일 말고도 나폴레옹의 생일날에도 축포를 쏜다는 발표도 있었다.

이제 나폴레옹은 그냥 단순히 나폴레옹으로 불리지 않았다. 그를 공식적으로 부르는 이름은 '우리의 위대한 지도자 나폴레옹 동지'였으며, 돼지들은 그에게 '모든 동물의 아버지', '인간들에겐 공포의 존재', '양들의 수호자', '오리들의 친구' 등등으로 불러 주는 것을 좋아했다.

스퀼러는 연설할 때마다 나폴레옹의 지혜, 그의 따뜻한 마음씨, 모든 동물에 대한 그의 깊은 사랑을 이야기하며, 특히 다른 농장에서 노예처럼 살아가는 불행한 동물들에 대한 나폴레옹의 사랑을 말할 때에는 닭똥 같은 눈물을 뚝뚝 떨구었다.

어떤 일이든 그 업적이나 행운은 모두 나폴레옹의 공로로 돌려졌다. 예를 들면 이렇다. 농장에서 암탉들이,

"우리의 위대한 지도자 나폴레옹 동지 덕분에 나는 엿새 동안에 알을 다섯 개나 낳았지 뭐야."

라고 한다거나 암소 두 마리가 물웅덩이에서 물을 마시다가,

"우리의 위대한 지도자 나폴레옹 동지의 영도력 덕분에 이렇게 맛있는 물을 먹을 수 있지 않은가?"

하는 말은 어디서나 종종 들을 수 있었다.

시를 쓰는 돼지 미니무스가 지은 「나폴레옹 동지」라는 시에는 동물 농장의 이런 분위기가 잘 나타나 있었다.

아비 없는 자의 친구이시며

행복의 샘이시고

양식의 주인이신 님이여!

조용하고 위엄에 찬

그대의 눈을 바라볼 때마다
내 영혼은 하늘의 태양처럼 불타오르나니
아, 나폴레옹 동지여!

그대는 동물들이 좋아하는
모든 것을 주시는 분
하루에 두 번 배불리 먹게 하고
깨끗한 짚더미 잠자리를 주시니
크고 작은 모든 동물들이
그대의 우리 안에서 편히 잠드네.
우리의 모든 것을 살펴보시는
아, 나폴레옹 동지여!

내게 어린 새끼 돼지가 있다면
병이나 방망이만큼 크게 자라기 전에
그대에게 충성하는 법을 가르치리.
그가 맨 처음 외쳐야 할 소리는
아, 나폴레옹 동지여!

이 시를 받아본 나폴레옹은 무척 감격했다. 그래서 이 시를 일곱 계명이 씌어 있는 벽 맞은편 끝에 써 놓도록 지시했다.

그 시 위에는 스퀼러가 흰 페인트로 나폴레옹의 옆모습 초상화를 그려 놓았다.

한편 이즈음 나폴레옹은 중개인 휨퍼 씨를 통해서 프레데릭과 필킹턴을 상대로 꽤 복잡한 협상을 벌이고 있었다. 산더미처럼 쌓여 있는 목재는 아직 팔리지 않은 상태였다. 두 사람 중 프레데릭이 필킹턴보다 더 욕심을 내는 편이었지만 그는 적당한 값을 주려 하지 않았다. 또한 프레데릭과 그의 일꾼들이 동물 농장의 풍차 건설을 시기한 나머지 몰래 습격하여 파괴하려고 한다는 소문도 나돌았다. 스노볼은 여전히 핀치필드 농장에 숨어 있는 것으로 알려져 있었다.

그해 여름이 중반에 접어들었을 때 농장에는 또 깜짝 놀랄 일이 하나 일어났다. 암탉 세 마리가 자진해서 스노볼의 선동으로 나폴레옹 살해 계획을 세웠다고 자백했다는 것이다. 동물들은 가슴이 철렁 내려앉았다.

"이게 무슨 소리야?"

"그러게 말이야. 한동안 잠잠하더니……."

동물들은 또다시 죽음의 태풍이 몰아칠까 봐 불안감에 휩싸였다. 암탉 세 마리는 즉시 처형되었으며, 나폴레옹에 대해서는 특별한 신변 안전 조치가 내려졌다. 사나운 개 네 마리가 매일 밤 그의 침대 네 귀퉁이를 하나씩 맡아 지켰다. 핑크아이라고 하는 어린 돼지는 나폴레옹이 먹을 음식에 독극물이 있나를 알아보기 위해 먼저 먹어 보는 일을 맡았다.

바로 이 무렵 나폴레옹이 목재 더미를 필킹턴에게 팔기로 했다는 소문이 떠돌았다. 그와 함께 동물 농장과 폭스우드 농장에서 생산되는 몇몇 물건들을 서로 교환하기 위한 계약을 맺는다는 이야기도 있었다. 중개인 휨퍼 씨가 다리를 놓기도 하였지만 이즈음 두 농장의 사이는 매우 좋은 편이었다. 동물들은 필킹턴을 인간이란 이유로 싫어했으나 그래도 그들이 두려워하고 미워하는 프레데릭보다는 낫게 여겼다.

여름이 지나면서 풍차는 거의 완공을 바라보게 되었다. 이와 함께 인간들의 농장 공격이 가까워졌다는 소문도 점점 무성해지고 있었다. 떠도는 소문에 의하면 프레데릭은 총으로 무장한 20명의 남자들을 동원할 계획이라고 했다. 또한 농장을 손에 넣었을 때 문제가 발생하지 않게 이미 시와 경찰서에 뇌물까지 먹여 놓았다는 것이다.

소문은 꼬리의 꼬리를 무는 법인가 보다. 프레데릭이 동물들에

게 아주 잔혹한 짓을 하고 있다는 무서운 소문이 핀치필드 농장에서 흘러나왔다. 그가 늙은 말 한 마리를 채찍으로 때려 죽이고, 암소들을 굶겨 죽이고, 아궁이에 개를 집어 넣는가 하면 밤이면 수탉 발톱에 날카로운 면도날 조각을 끼워 닭싸움을 시켜 놓고는 즐긴다는 소문도 나돌았다. 동물들은 그런 잔인한 짓이 같은 동물들에게 행해진다는 것에 대해 치를 떨었다.

"어떻게 우리 동지들에게 그런 무자비한 짓을 할 수가 있단 말이오?"

"당장 핀치필드 농장으로 쳐들어가 인간들을 쫓아냅시다."

"옳소. 프레데릭을 물어 죽이고, 동물들을 해방시켜 줍시다."

동물들은 분노로 몸을 떨며 여기저기서 소리를 질러 댔다.

"동지 여러분! 동지들의 마음은 잘 알겠으나 함부로 행동해서는 안 되오. 상대는 인간이며 핀치필드 농장의 주인이오. 우리의 위대한 지도자 나폴레옹 동지가 이 일을 잘 처리할 것이니 믿고 기다리시오."

스퀼러는 동물들의 경솔한 행동을 나무라며 기다리라고 지시했다.

그러나 시간이 지날수록 프레데릭에 대한 동물들의 반감은 점점 커져 가기만 했다. 어느 일요일 아침 나폴레옹이 사나운 개들을 데리고 창고에 나타났다. 그는 동물들을 향해 연설을 시작했다.

"동지 여러분, 나는 마당에 쌓여 있는 목재들을 프레데릭에게 팔 생각을 한 번도 해 본 적이 없소. 그런 악당과 거래를 한다는 것은 내 체면을 깎는 일이기 때문이오."

나폴레옹은 소리를 지르며 프레데릭을 비난했다. 그리고 동물 농장의 '반란' 소식을 전하기 위해 날려 보내는 비둘기들에게 폭스우드 농장에는 얼씬도 하지 말라고 경고했다. 또한 이제까지의 '인간 타도'라는 구호 대신 앞으로는 '프레데릭 타도'라는 구호를 사용하라고 지시했다.

여름이 끝나갈 무렵에 스노볼의 또 다른 음모가 드러났다. 농장의 밀밭이 온통 잡초투성이였는데, 알고 보니 스노볼이 밤중에 몰래 들어와 밀 씨앗에다 잡초 씨앗을 섞어 놓았다는 것이었다. 이 음모에 가담했던 거위 한 마리가 스퀼러에게 그 사실을 자백하고 나서 독이 든 열매를 먹고 자살했다.

동물들은 또 자기들이 아는 것과는 반대로 스노볼이 '동물 영웅 1등 훈장'을 받은 적이 없다는 것도 알게 되었다. 그것은 '외양간 전투' 이후 스노볼이 퍼뜨린 소문에 불과하다는 것이었다. 훈장을 받기는커녕 오히려 전투 중에 비겁한 행동을 했기 때문에 벌을 받았다는 것이다. 이런 이야기에 대해 몇몇 동물들은 놀라기도 하고 믿어지지 않는 표정이었지만, 스퀼러는 그들에게 잘못 기억하고 있는 것이라고 설득시켰다.

가을이 되어 동물들의 피땀 어린 노력 끝에 드디어 풍차가 완공되었다. 아직 기계는 설치되지 않은 상태였다. 기계 구입을 위해서는 휨퍼 씨가 돌아다니며 노력하고 있지만, 어쨌든 풍차의 건물은 완공이 된 것이다. 경험도 없이 원시적인 방법으로, 거기다 스노볼의 반역 행위까지 있어 온갖 어려움을 다 겪었지만 공사는 목표일을 단 하루도 넘기지 않고 예정된 날짜에 정확히 끝났다.

동물들은 피곤했지만 몹시 자랑스러웠다. 그들은 기쁨에 겨워 자신들이 만든 걸작품 주위를 맴돌았다. 그들의 눈에는 처음 지었던 것보다도 훨씬 아름다워 보였다. 게다가 벽의 두께도 처음보다 두 배나 두꺼워져 폭약이 아니면 이젠 무너뜨릴 수 없을 것이다.

그동안 풍차 건설을 위해 얼마나 많은 고생을 하였으며 좌절을 딛고 일어섰던가. 이제 풍차 날개가 돌아가게 되면 생활에 엄청난 변화가 올 것이다. 이런 생각만으로도 동물들은 그간의 피로를 잊은 채 승리의 환성을 지르며 풍차 주위를 뛰어다녔다.

나폴레옹도 사나운 개들과 수탉을 거느리고 완공된 풍차를 보기 위해 시찰을 나왔다.

"동지 여러분, 모두 고생들 많이 하였소. 여러분이 고생한 덕분에 드디어 풍차를 세울 수 있게 되었소. 나는 이 풍차의 이름을 '나폴레옹 풍차'라 할 것이오. 여러분도 그렇게 불러 주기 바라오."

나폴레옹은 짧게 연설을 한 다음 자리를 떴다.

이틀 뒤, 동물들은 특별 회의를 하기 위해 창고로 모여들었다.

"동지 여러분, 목재는 프레데릭에게 팔았소. 내일 프레데릭의 마차가 와서 목재를 실어갈 것이오."

나폴레옹의 말에 동물들은 놀라 자빠질 뻔하였다.

'이게 무슨 마른하늘에 날벼락 같은 소리야?'

'필킹턴이 아니고 프레데릭이야?'

'아니, 갑자기 왜 바뀌었지?'

말은 서로 안 해도 동물들은 모두 그런 표정들이었다. 그들은 감쪽같이 속고 있었던 것이다. 나폴레옹은 그동안 필킹턴과 좋은 관계를 맺는 것처럼 보이게 해 놓고 사실은 프레데릭과 비밀 계약을 맺은 것이었다.

폭스우드 농장과의 모든 관계는 그날로 끊어지고, 필킹턴에게는 모욕적인 메시지가 전달되었다. 이번에는 비둘기들에게 프레데릭의 핀치필드 농장에 얼씬거리지 말라는 명령이 떨어졌고, 그들의 구호도 '프레데릭 타도'에서 '필킹턴 타도'로 바뀌었다.

"핀치필드 농장의 습격이 가까워졌다는 말은 모두 거짓이오. 프레데릭이 자기 농장의 동물들에게 잔인한 짓을 한다는 말도 잘못 전해진 것이오. 이와 같은 소문은 틀림없이 스노볼과 그에게 동조하는 첩자들이 만들어 냈을 것이 분명하오."

나폴레옹의 말에 동물들은 갈피를 잡을 수 없었다. 그저 이야기를 듣고 보니 스노볼은 핀치필드 농장에 없으며 한 번도 거기에 발걸음을 한 적이 없었다는 것이다.

소문에 그는 폭스우드 농장에서 대단히 호화롭게 생활하고 있으며, 지난 수년 동안 필킹턴에게 빌붙어 지내고 있다는 것이었다.

동물들은 나폴레옹의 기막힌 전략에 혀를 내둘렀다. 필킹턴과 가까이 지내는 척하면서 나폴레옹은 프레데릭으로부터 목재 값을 12파운드나 더 받아냈다. 스퀼러는 나폴레옹 동지의 머리가 뛰어나다는 것을 떠벌리고 다녔다.

"프레데릭은 목재값을 현금 대신 수표로 주고 싶어했소이다. 수표란 무엇이냐 하면 얼마를 지불하겠다는 약속의 종이 쪽지에 불과한 것이오. 하지만 우리의 위대한 지도자 나폴레옹 동지가 프레데릭의 그런 장난에 말려들 바보가 아니지요. 나폴레옹 동지는 목재 값을 5파운드짜리 현금으로 주도록 요구했고, 지불이 다 끝나야 목재를 넘겨 준다고 못박았소이다. 그래서 프레데릭은 그 돈을 현금으로 지불했소. 이제 그 돈이면 풍차에 얹을 기계를 사고도 남을 것이오."

스퀼러는 신이 나서 나폴레옹을 칭찬하며 떠들어 댔다.

목재는 재빨리 실려 나갔다. 목재가 모두 실려 나가고 창고에서는 또 한 차례 특별 회의가 열렸다. 이 자리에서 동물들은 프레데릭이 지불했다는 현금을 구경했다. 훈장 두 개를 매단 나폴레옹은 만족한 웃음을 띠며 짚더미 침대 높은 곳에 올라앉아서 이 광경을 내려다보고 있었다. 그의 옆에 놓인 접시 위에는 프레데릭에게서 받은 돈이 보기 좋게 쌓여 있었다. 동물들은 줄을 서서 천천히 그 돈접시 앞을 지나가며 차례차례 돈을 구경했다. 복서는 돈에 코를 들이대고 킁킁거리며 냄새까지 맡아 보았다. 그의 콧김에 얇고 흰 종이돈들이 흔들거리며 바스락 소리를 냈다.

그런데 사흘 후 큰 소동이 일어났다. 얼굴이 하얗게 질린 휨퍼 씨가 자전거를 타고 급히 농장으로 들어왔다. 그는 자전거를 마당에 내동댕이친 채 곧바로 농장의 집으로 뛰어 들어갔다.

잠시 후 나폴레옹의 방에서 숨이 막힐 듯한 분노의 고함 소리가 들려왔다. 그 소식은 들불처럼 농장 안으로 순식간에 퍼져 나갔다. 프레데릭이 지불한 돈은 모두 위조 지폐였던 것이다. 그는 단 한 푼도 내지 않고 그 많은 목재를 가져갔던 것이다. 나폴레옹은 즉시 동물들을 소집시켰다.

"프레데릭이 우리를 속이다니……. 용서할 수 없소이다. 나는 프레데릭에게 사형을 선고하겠소. 누구든 프레데릭을 보는 즉시 죽이시오. 또한 그를 산 채로 붙들어 오면 끓는 물에 집어넣어 삶아 죽일 것이오. 배반자 프레데릭도 분명히 대비를 하고 있을 것이오. 그가 이제 어떤 반역 행위를 저지를지 아무도 모르오. 그의 부하들이 당장 쳐들어올지도 모르는 일이오. 우리는 모두 최악의 사태에 대비해야 하오. 모두 정신 바짝 차리고 나의 명령에 따라 주시오."

나폴레옹은 약이 오르고 화가 나서 펄쩍펄쩍 뛰었다. 농장으로 들어오는 모든 길목에 보초가 세워졌다. 그와 함께 필킹턴과의 좋은 관계를 맺기 위해 비둘기 네 마리가 나폴레옹의 편지를 물고 폭스우드 농장으로 급히 파견되었다.

바로 그다음 날 아침에 프레데릭의 공격이 시작되었다. 동물들이 막 아침 식사를 하고 있는 중인데 보초들이 달려와 프레데릭 일당이 벌써 빗장 다섯 개의 문을 통과했다고 숨가쁘게 전해 왔다.

"모두 전투 위치로! 물러서지 말고 용감하게 싸우시오."

동물들은 각자 전투 위치로 가서 프레데릭 일당과 맞서 싸웠다. 그러나 이번에는 '외양간 전투' 때처럼 간단하게 승리를 거둘 수 없었다. 프레데릭 일당은 모두 15명이었다. 그들의 반은 총을 가지고 있었는데, 50야드 가까이에서부터 총을 쏘기 시작했다. 동물들은 사방에서 터지는 그들의 무서운 총탄에 맞설 수가 없었다. 나폴레옹과 복서는 동물들이 겁을 먹고 흩어지지 않게 용기를 주었지만 부상자가 많아 후퇴할 수밖에 없었다.

그들은 농장 건물 속으로 피신해서 벽 틈이나 옹이 구멍을 통해 조심스럽게 밖을 내다보았다. 넓은 목초지와 애써 세운 풍차가 적들의 손에 넘어갔다. 나폴레옹도 어쩔 수 없는 것 같았다. 그는 말 한 마디도 없이 꼬리를 꼿꼿이 세운 채 이리저리 서성대기만 했다. 동물들은 구원을 기다리는 간절한 눈길로 폭스우드 농장 쪽을 바라보았다. 만일 필킹턴과 그의 일꾼들이 와서 도와주기만 한다면 싸움에서 승리할 수 있을 것 같았다.

그때 어제 날려보냈던 비둘기들이 돌아왔다. 그 가운데 한 마리가 필킹턴이 보낸 종이 쪽지를 물고 왔다. 나폴레옹은 얼른 그 종이 쪽지를 빼앗아 펼쳤다.

꼴 좋게 되었구나!

필킹턴이 휘갈겨 쓴 글씨였다.

한편 프레데릭과 그의 일꾼들은 풍차 옆에 서 있었다. 동물들은 그들을 지켜보면서 겁이 나 웅성거리기 시작했다. 프레데릭의 일꾼들 가운데 두 사람이 까마귀 발처럼 생긴 정과 큰 망치를 꺼냈다. 아마도 풍차를 부수려고 하는 것 같았다.

"흥, 어림도 없지. 그게 얼마나 두꺼운 벽인데. 1주일 걸려도 못 할걸. 동지들, 힘을 내시오. 모두 용기를 내시오."

나폴레옹은 그들을 비웃으며 동물들의 용기를 북돋웠다. 그러나 당나귀 벤자민은 그들이 하는 짓을 유심히 살펴보고 있었다. 정과 큰 망치를 든 일꾼 두 명이 풍차 밑에 구멍을 내고 있는 중이었다. 벤자민은 천천히, 그리고 아주 재미있다는 듯이 긴 주둥이를 흔들어 대며 말했다.

"그렇지. 그럴 줄 알았어. 적들이 무슨 짓을 하려는지 아십니까? 적들은 이제 조금 이따가 저 구멍에 폭약을 넣을 겁니다."

벤자민의 말에 동물들은 모두 겁을 잔뜩 집어먹은 채 지켜보고만 있었다. 이제 건물 밖으로 나간다는 것은 불가능해졌다. 몇 분 지나지 않아 사람들이 사방으로 흩어져 뛰어가는 것이 보였다. 그리고 곧 귀를 찢는 듯한 폭음이 들려왔다. 비둘기들은 하늘 높이 날아올랐고, 나폴레옹을 제외한 모든 동물들은 배를 깔고 땅바닥에 엎드린 채 얼굴을 파묻었다.

그들이 다시 일어났을 때, 풍차가 있던 그 자리에는 크고 검은 연기가 뭉게뭉게 피어오르고 있었다. 바람이 서서히 그 연기를 거두어 갔다. 아, 풍차는 어디론가 사라지고 없었다.

이 광경을 지켜보고 있던 동물들의 가슴속에는 분노가 치솟았다. 조금 전까지 갖고 있던 두려움과 공포는 인간들의 치사하고 비열한 행동에 분노로 바뀌고 말았다.

"비열한 인간들을 그냥 둘 순 없어."

"우리가 어떻게 세운 풍차였는데……."

"복수합시다! 인간들을 내쫓읍시다!"

동물들은 누가 명령을 내리기도 전에 한 덩어리가 되어 일제히 건물 밖으로 뛰쳐나갔다. 머리 위로 빗발치듯 지나가는 총탄 따위도 두렵지 않았다. 동물들은 용감하게 인간들을 향해 돌진해 갔다. 인간들은 마구 총을 쏘아 댔고, 가까이 다가오는 동물들에게는 몽둥이를 휘두르거나 구둣발로 사정없이 걷어찼다. 한동안 치열한 싸움이 벌어졌다. 암소 한 마리와 양 세 마리, 그리고 거위 두 마리가 죽고 거의 모두가 부상을 당했다. 뒤에서 전투를 지휘하던 나폴레옹도 총알에 맞아 꼬리 부분이 잘려 나가는 부상을 입었다.

인간들도 무사하지는 않았다. 일꾼 셋은 복서의 발굽에 차여 머리가 깨졌고, 다른 한 명은 암소 뿔에 배를 받혔고, 또 한 명은 제시와 블루벨에게 물려 바지가 홀랑 찢겨져 나갔다. 나폴레옹을 호

위하는 개 아홉 마리는 그의 명령에 따라 울타리에 숨어 한 바퀴 돈 다음 인간들의 뒤에서 무섭게 짖어 대며 달려들었다. 사방에서 동물들이 달려들자 인간들은 당황하기 시작했다.

"포위당하면 위험하다. 길이 보일 때 얼른 빠져나가자."

프레데릭이 일꾼들에게 후퇴 명령을 내렸다. 그러자 겁을 먹고 있던 일꾼들은 '걸음아 날 살려라' 하며 죽을힘을 다해 도망치기 시작했다. 동물들은 쫓겨가는 인간들이 가시나무 울타리를 비집고 나갈 때 마지막 공격을 퍼부었다.

"어이쿠! 사람 살려!"

인간들은 비명을 지르며 울타리를 빠져나가느라 아우성이었다.

동물들은 마침내 승리했다. 인간들을 다시 몰아낸 것이다. 그러나 그들은 너무 많은 피를 흘렸고, 또한 너무 지쳐 있었다. 전사한 동지들의 시체가 풀밭에 나뒹굴었다. 이 광경을 보고 몇몇 동물들은 눈물을 흘렸다.

그들은 다친 다리를 질질 끌며 농장의 건물로 되돌아가기 시작했다. 풍차가 서 있던 자리에 와서는 얼마 동안 멈추어 서서 침묵에 잠기기도 했다. 풍차는 동물들이 그토록 애쓴 보람의 흔적도 없이 바람처럼 사라져 버렸다. 받침대까지도 여기저기 부서져 있었다. 풍차를 다시 세운다 해도 저번처럼 흩어진 돌들을 다시 사용할 수는 없게 되었다. 돌들이 너무 멀리 날아가 버렸기 때문이었다. 풍차는 처음부터 그 자리에 없었던 것처럼 보였다.

그들이 농장의 집 근처로 되돌아왔을 때 어디서 나타났는지 갑자기 스퀼러가 꼬리를 흔들며 달려왔다. 스퀼러는 전투 중에 어디에 있었는지 그림자조차 볼 수 없었다.

그때 동물들은 건물 쪽에서 나는 총소리를 들었다.

"웬 총소리지?"

복서가 물었다.

"우리의 승리를 축하하는 소리요."

스퀼러가 대답했다.

"무슨 승리 말이오?"

복서가 되물었다.

그의 무릎에서는 피가 흘렀고, 발굽에 박힌 징 하나를 잃어버려 발굽이 찢어졌다. 그리고 뒷다리에는 총알이 무려 열두 개나 박혀 있었다.

"동지, 무슨 승리라니? 우린 적들을 이 신성한 농장에서 몰아내지 않았소?"

"그들은 우리가 세운 풍차를 파괴해 버렸소. 우리들이 2년 동안 죽을힘을 다해 세운 풍차를 말이오."

복서는 비통한 표정으로 말했다.

"그게 무슨 상관이오? 풍차는 다시 세우면 되오. 이제 우리가 마음만 먹으면 풍차 같은 것은 여섯 개라도 세울 수 있단 말이오. 동지는 우리들이 이룩한 훌륭한 업적을 높이 평가할 줄 모르는 모양이구려. 적은 지금 우리가 서 있는 바로 이 땅을 점령했었소. 그러나 우리는 나폴레옹 동지의 영도 아래 빼앗겼던 땅을 도로 되찾은 것이오."

"그건 우리들이 전부터 가지고 있던 것을 도로 되찾은 것뿐이지 않소."

"그게 바로 우리들의 승리란 것이오."

스퀄러는 마치 승리한 장수처럼 떠들어 댔다.

동물들은 다리를 질질 끌면서 마당으로 들어섰다. 복서는 살 속에 박힌 총알 때문에 몹시 아파했다. 그는 풍차를 기초부터 힘들여 다시 세워야 할 일을 생각해 보았다. 그리고 스스로 자신에게 그 일을 위해 용기를 불어넣고 있었다. 하지만 그는 이제 자신의 나이가 벌써 열한 살이며, 자신의 힘센 근육도 이젠 예전 같지 않을 거라는 생각을 처음으로 하게 되었다.

게양대에는 녹색의 깃발이 올라가고 일곱 발의 축하 총포가 울렸다. 이어서 나폴레옹이 동물들에게 축하하는 연설을 했다. 동물들은 그 모든 것들을 보고 들으면서 비로소 큰 승리를 거둔 것 같은 느낌을 갖게 되었다.

전투 중에 죽은 동지들에게는 엄숙한 장례가 치러졌다. 복서와 클로버가 영구차(비록 짐마차였지만)를 끌었고, 나폴레옹이 장례 행렬의 맨 앞에 서서 걸었다.

그들은 승리를 축하하는 행사로 꼬박 이틀을 보냈다. 노래와 연설과 축포가 이어졌고, 모든 동물들에게는 특별 선물로 사과 한 개씩이 돌아갔다. 새들에게는 2온스의 옥수수가, 개들에게는 개먹이 비스킷이 3개씩 나누어졌다. 이번 전투는 '풍차 전투'라는 이름이 붙여졌고, 나폴레옹은 '녹색 깃발 훈장'이라는 것을 새롭게 만들어 자기 자신에게 먼저 수여했다. 이렇게 농장이 축하 파티로 떠들썩한 가운데 위조 지폐에 속아넘어간 사건은 잊혀져 갔다.

그로부터 며칠 뒤 돼지들은 농장 집 지하실에서 우연히 위스키 한 상자를 발견했다. 처음 이 집을 점령했을 때 지하실의 위스키 상자는 미처 보지 못하고 넘어갔던 것이다.

그날 밤 농장 집에서는 밤이 깊도록 돼지들의 커다란 노랫소리가 흘러나왔다. 놀라운 일은 그 노래 가운데 「영국의 동물들」이란 금지곡이 있었다는 사실이다. 밤 9시 반쯤에는 옛날 존스 씨가 쓰던 낡은 모자를 쓴 나폴레옹이 뒷문으로 나와 마당을 몇 번 빠르게 돌아다니다가 다시 들어가는 모습이 똑똑히 보였다.

그러나 아침이 되자 농장 집은 침묵 속에 빠져 있었다. 돼지들은 한 마리도 움직이지를 않았다. 거의 9시가 다 되어서야 스퀼러가 어슬렁거리며 나타났다. 그의 흐리멍텅한 눈과 힘이 빠져 축 처진 꼬리는 영락없이 병든 돼지로 착각하게 하였다. 스퀼러는 동물들을 모아 놓고 중대하고도 슬픈 소식을 전하겠다고 말했다.

"우리의 위대한 지도자 나폴레옹 동지가 지금 매우 위독하오."

"아, 이를 어쩐단 말이오?"

"나폴레옹 동지가 아프다니 걱정이군요."

스퀼러의 말에 동물들의 입에서는 슬픈 탄식의 소리가 흘러나왔다. 그들은 농장 집 밖에 짚을 깔아놓고 소리나지 않게 걸어다니며 다음 소식을 기다렸다. 눈물을 글썽이며 지도자가 죽으면 앞으로 어떻게 될 것인지 서로 이야기를 나누는 동물들도 있었다.

"스노볼이 나폴레옹 동지의 음식에 독약을 넣었다는군."

어디선가 그런 소문도 떠돌았다.

"스노볼이 이렇게까지 악랄할 줄이야……."

"스노볼을 잡아야 안심이 될 텐데 걱정이군."

동물들은 스노볼이 또 무슨 짓을 저지를까 두려웠다.

스퀼러는 11시쯤 또 다른 발표를 전하려고 밖으로 나왔다.

"우리의 위대한 지도자 나폴레옹 동지는 이 세상에서의 마지막 조치로서 앞으로 술을 마시는 자는 사형에 처한다고 엄중하게 명령하였소."

저녁이 되어 나폴레옹은 약간 기운을 차린 듯하였고, 다음 날 아침 스퀼러는 나폴레옹 동지가 빠르게 회복되어 가고 있다고 발표했다. 이날 저녁부터 나폴레옹은 다시 집무를 보기 시작했다.

그다음 날, 나폴레옹은 휨퍼 씨에게 윌링던에 가서 술 담그는 법과 알코올 증류법에 관한 책을 몇 권 구해 오도록 부탁했다는 소문이 들려왔다.

1주일 후, 나폴레옹은 과수원 뒤에 있는 작은 목장을 갈도록 명령했다. 원래 이곳은 나이가 많아 일할 수 없는 동물들의 휴양지로 남겨 둔 땅이었다. 땅을 갈도록 한 이유는 그 목장이 너무 메말라서 풀이 나지 않아 새로 풀씨를 뿌리기 위함이라고 알려졌다. 그러나 사실은 그곳에 보리씨를 뿌리려 한다는 소문이 나돌았다.

이 무렵 농장에서는 아무도 이해할 수 없는 이상한 사건이 일어났다. 어느 날 한밤중에 마당에서 우당탕 하는 소리가 들렸고, 그 소리에 놀라 동물들이 밖으로 뛰쳐나왔다. 아주 달 밝은 밤이었다. 일곱 계명이 씌어져 있는 창고 끝에 사다리 하나가 두 동강이 난 채 부러져 있었고, 그 옆에는 잠시 정신을 잃은 스퀼러가 엎어진 채 꿈틀대고 있었다. 등불과 페인트 붓, 넘어진 페인트 통도 같이 보였다. 그때 사나운 개들이 갑자기 나타나 스퀼러를 에워쌌고, 그가 깨어나 정신을 차리자 그를 호위하며 집으로 들어갔다.

"무슨 일이야?"

"글쎄, 도통 무슨 영문인지 모르겠네."

"어디 아픈가?"

동물들은 서로를 바라보며 이상하다는 듯이 웅성거렸다. 그러나 늙은 당나귀 벤자민만은 알겠다는 듯이 코를 벌름거렸다. 하지만 그는 여전히 아무 말도 입밖에 내려고 하지 않았다.

며칠이 지나 염소 뮤리엘이 일곱 계명을 읽어 보다가 동물들이 계명 하나를 또 잘못 알고 있었다는 사실을 발견하게 되었다.

"이상하다? 왜 지금까지 이걸 몰랐지?"

그들은 다섯 번째 계명이 '어떤 동물도 술을 마셔서는 안 된다.'로 알고 있었다. 그런데 알고 보니 동물들은 '너무 많이'라는 두 개의 단어를 잊어버리고 있었던 것이다. 벽에 실제로 씌어 있는 내용은 '어떤 동물도 너무 많이 술을 마셔서는 안 된다.'는 것이었다.

복서의 이상한 죽음

복서는 찢어진 발굽이 얼른 낫지 않아 고생을 하고 있었다. 동물들은 승리의 축하 파티가 끝난 다음 날부터 다시 풍차를 건설하는 일에 몰두했다. 복서는 단 하루도 쉬지 않고 열심히 일했다. 그는 자신이 괴로워하고 힘들어 하는 모습을 다른 동물들에게 보이고 싶지 않았다. 그러나 밤이 되면 클로버에게만은 발굽의 고통을 호소하기도 했다.

클로버는 약초를 씹어서 그의 발굽에 붙여 주었다.

"너무 무리하진 마. 복서 당신이라고 항상 힘이 세고 영원히 버틸 수 있는 것은 아니잖소."

"허허, 걱정해 줘서 고맙군"

복서는 찌르는 듯한 발굽의 통증에 얼굴을 찡그리며 말했다.

클로버와 벤자민은 복서에게 진심으로 충고를 하기도 했다. 그러나 복서는 그들의 말을 귀담아 들으려 하지 않았다.

"나는 다른 뜻은 없어. 나에게 남아 있는 욕심이라면 오직 하나, 내가 은퇴하기 전에 풍차가 완성되어 돌아가는 것을 보는 것뿐이오."

복서는 자신의 굳은 생각을 그렇게 말했다.

동물 농장의 법이 처음 만들어지던 때에 동물들의 은퇴 연령이 정해졌는데, 말과 돼지의 정년은 열두 살, 암소는 열네 살, 개는 아홉 살, 양은 일곱 살, 암탉과 거위는 다섯 살이었다. 또한 동물들이 은퇴를 하고 충분히 쓸 수 있는 연금을 지급한다고 정해져 있었다. 그러나 은퇴를 하고 실제로 연금을 받는 동물은 아직 없었다. 다만 최근 들어 이 문제가 자주 논의되기 시작했다.

과수원 뒤에 있는 작은 목장에 보리를 심기로 한 뒤 새로운 소문이 떠돌았다. 넓은 목초지 한 구석을 울타리로 막아서 은퇴한 동물들의 전용 목장으로 사용한다는 것이었다. 그와 함께 말에게는 연금으로 하루에 옥수수 5파운드, 겨울에는 건초 15파운드, 그리고 공휴일에는 당근이나 사과 한 개씩을 더 지급한다는 얘기였다. 복서의 열두 번째 생일이 내년 여름이니 그도 이제 은퇴할 날이 1

년 정도 남은 셈이었다.

농장의 생활은 매우 고통스러웠다. 올겨울도 지난해만큼이나 춥고, 식량 사정은 더욱 나빴다. 돼지와 개들의 식량을 제외하고는 모든 동물의 식량 배급이 줄어들었다.

"식량 배급을 너무 엄격하게 따져 평등하게 배급하는 것은 동물주의 원칙에서 오히려 벗어나는 것이오."

스퀼러는 여전히 입담을 늘어놓았다. 겉으로야 어떻든 식량이 부족하지 않다는 것을 동물들에게 보여 주는 일은 어렵지 않았다.

"얼마 동안은 식량 배급의 재조정이 필요할 것이오. 그래도 존스 시절과 비교하면 훨씬 나아지고 바뀌어지지 않았소?"

스퀼러는 '재조정'이란 말을 잘 썼다. 식량 배급에 관한 한 '감소', '축소', '감축' 등의 말을 절대로 사용하지 않았다. 그는 목소리를 높여 동물들이 알아차리기 전에 통계 숫자를 재빠르게 말했다. 언제나 존스 시절과 비교하는 것도 잊지 않았다.

"존스 시절을 생각해 보시오. 그때보다는 그래도 귀리와 건초와 무를 더 많이 먹고 있으며, 일하는 시간도 줄어들었고, 음료수도 좋아졌소이다. 수명도 더 연장되었고. 우리 새끼들도 어려서 죽는 비율이 적어졌으며, 우리에는 짚더미가 쌓여 있을 뿐만 아니라 고약한 벼룩이 많이 사라져 이제는 덜 물리게 되었소. 존스 시절과는 비교할 수 없을 정도로 좋아지지 않았소?"

　동물들은 스퀼러의 말을 그대로 믿었다. 따지고 보면 세월이 지나면서 동물들은 존스 씨에 관한 기억들을 모두 잊어버려 머릿속에 떠올릴 것이 없었다. 그들은 지금의 생활이 힘들고 고달프며, 때로는 배고프고 춥기도 하지만 잠자는 시간을 빼놓고는 언제나 일을 해야 하는 것이라고 생각했다. 그리고 기억에는 없지만 존스 시절에는 이보다 훨씬 힘들었을 것이라고 확실히 믿었다. 더구나 그때는 노예나 다름없는 신세였지만, 지금은 자유의 몸이 아닌가. 스퀼러는 늘 이런 점을 지적하여 강조하였다.

　농장의 식구들은 자꾸 불어났다. 그러다 보니 먹여 살려야 하는 식구들도 많아졌다. 그중에서도 가을이 되자 암퇘지 네 마리가 거의 동시에 새끼를 낳았다. 새끼들을 전부 합쳐 보니 서른한 마리였다. 농장에는 수퇘지가 나폴레옹 하나뿐이니 모두가 그의 자식인 셈이었다.

　얼마 후 농장으로 벽돌과 목재가 들어왔다. 농장 집의 정원에는 새끼 돼지들을 위한 교실을 지을 것이라는 발표가 있었다. 나폴레옹은 당분간 농장 집의 부엌에서 새끼 돼지들을 직접 교육시켰다. 그들은 정원에서 운동을 하며 놀았다. 다른 동물들의 새끼들과는 놀지 않도록 철저하게 교육을 받았다. 다른 동물이 길에서 돼지와

마주치면 반드시 옆으로 비켜 서야 하며, 모든 돼지들은 신분과 상관 없이 일요일마다 꼬리에 녹색 리본을 다는 특권을 가질 수도 있게 되었다.

그해 농장은 꽤 풍성한 수확을 거두었으나 돈은 그래도 여전히 모자랐다. 교실을 짓기 위한 벽돌과 모래 등을 사 와야 했고, 풍차에 필요한 기계를 구입하기 위해 돈을 모아 두어야 했다. 뿐만 아니라 집 안에서 사용할 등유나 양초, 나폴레옹의 식탁에 올려야 할 설탕(나폴레옹은 살찐다는 이유로 다른 돼지들에게는 설탕을 금지시켰다.)과 못, 끈 등 생활 용품을 보충해 놓지 않으면 안 되었다. 이를 위해 건초 한 더미와 거두어들인 감자의 일부를 팔아야 했고, 내다 팔아야 할 달걀도 매주 4백 개에서 6백 개로 늘려 계약되었다.

12월에 줄어든 식량 배급은 다음 해 2월이 되자 다시 줄어들었다. 우리 속의 램프도 기름 절약을 위해 사용을 금지시켰다. 그러나 돼지들의 생활만은 변함이 없었으며, 체중도 점점 늘어 가고 있었다.

2월도 거의 끝나 가고 있는 어느 날 오후였다. 동물들은 지금까지 한 번도 맡아 보지 못했던 구수한 냄새를 맡게 되었다.

"하아, 냄새 한번 기가 막히는구나! 도대체 이 냄새가 어디서 나는 걸까?"

"구수한 냄새에 배가 더 고파지는구먼."

냄새는 동물들의 식욕을 돋우며 더욱 배고픔을 느끼게 했다. 그 냄새는 부엌 뒤편의 작은 양조장으로부터 마당을 건너 풍겨 오고 있었다.

"보리를 삶고 있는 냄새야."

"보리를 삶는다고? 흠, 아주 맛있겠군."

누군가 코를 벌름거리며 말했다.

"저녁 식사 때 특별식이라도 나오는 걸까?"

동물들은 미리 김칫국부터 마셨다. 그러나 저녁 식사 시간이 되었지만 아무것도 나오지 않았다. 동물들은 실망하는 눈치였다.

다음 일요일이었다. 앞으로 보리는 돼지들에게만 지급한다는 발표가 있었다. 과수원 뒤의 들판에는 벌써 보리씨가 뿌려져 있었다. 얼마 뒤 돼지들에게는 매일 세 홉의 맥주가 배급되며, 나폴레옹에게는 반 갤런이나 되는 맥주가 그것도 아주 최고급의 그릇에 담겨 제공된다는 소문이 다시 나돌았다.

동물들은 날이 갈수록 여러 가지 고통을 더 감수해야 했다. 그래도 동물들은 지금의 생활이 과거 존스 시절보다는 더 품위 있다고 생각하며 스스로 위안을 삼았다. 이전보다 노래도 더 많이 불렀고, 연설도 많아졌으며, 행진하는 횟수도 늘어났다.

나폴레옹은 매주 한 번씩 동물 농장의 전투와 승리를 위해 '자발적 행진'이라는 것을 만들어 시행하도록 명령했다. 정해진 시간이 되면 동물들은 하던 일을 멈추고 돼지를 선두로 해서 말, 소, 양, 닭, 거위의 순서로 군대처럼 행진을 하며 농장을 돌았다. 수탉은 행진 대열의 맨 앞에 서고, 개들은 대열의 옆에 서서 행진하였다.

복서와 클로버는 언제나 대열의 중간에 서서 녹색 깃발을 들고 갔다. 그 깃발에는 '나폴레옹 동지 만세!'라는 글귀가 씌어 있었다. 행진이 끝나면 나폴레옹을 찬양하는 시 낭독이 있고, 때로는 식량 늘리기에 대한 스퀼러의 연설이 있었으며, 이따금 축포를 쏘기도 했다.

양들은 '자발적 행진'에 가장 열성적인 지지자들이었다. 누군가가 이런 일은 시간 낭비며 불필요한 일이라고 불평하면 그들은 항상 '네 발은 좋고, 두 발은 나쁘다!'를 크게 외쳐 입을 다물게 했다. 그러나 대부분의 동물들은 이 축제 아닌 축제를 즐기는 편이었다. 잠시나마 배고픔을 잊어버릴 수가 있었으니까.

4월이 되자 동물 농장은 '공화국'으로 선포되었다. 공화국이 된 이상 이제 공화국을 다스릴 대통령이 필요했다. 대통령 후보는 나폴레옹 단 하나뿐이었고, 그는 만장일치로 대통령에 당선되었다.

바로 그날, 존스 씨와 스노볼이 공모하였다는 사실을 알게 해 주는 자세한 문서가 발견되었다는 발표가 있었다.

스노볼은 계획적으로 외양간 전투를 패하게 하려 했으며, 인간들 편에 서서 싸웠다는 것이다. 그는 인간 군대의 지휘자가 되어 '인간 만세!'를 외치며 전투에 뛰어들었다고도 했다. 아직도 몇몇 동물들이 총에 맞아 상처가 났다고 뚜렷이 기억하고 있는 스노볼의 등도 사실은 나폴레옹의 이빨에 물린 자국이라는 것이었다.

한여름이 되자 몇 해 동안 보이지 않던 까마귀 모지스가 농장에 다시 나타났다. 그는 조금도 변한 것이 없어 보였다. 여전히 일은 하나도 하지 않으면서 예전과 똑같이 슈가캔디산에 대해서 지껄여 댔다. 그는 나무 그루터기에 앉아 검은 날개를 퍼덕이면서 누가 들어 주기라도 하는 날이면 몇 시간이라도 이야기를 늘어놓았다.

"동지 여러분! 지금 보이는 검은 구름 저 너머에 슈가캔디산이 있어요. 사탕과자로 가득 찬 산이지요. 우리같이 불쌍한 동물들이 일하지 않아도 허리를 펴고 살 수 있는 행복의 나라랍니다."

그는 언젠가 슈가캔디산에 갔는데, 그곳에는 사철 푸른 토끼풀이 돋아 있는 들판과 박하사탕과 각설탕이 매달려 있는 울타리가 있다고 했다. 많은 동물들이 모지스의 말을 거의 믿는 편이었다. 이렇게 힘들고 배고픈 세상이 있다면 어딘가 다른 곳에는 행복한 세상이 있을 거라고 생각하였다.

그러나 돼지들은 달랐다. 그들은 모지스를 경멸하면서 거짓말쟁이라고 몰아붙였다. 그러면서도 이상한 것은 모지스가 아무 일도 하지 않는데도 하루에 한 홉의 맥주를 배급받으며 농장에 그대로 살게 허용한 사실이었다.

복서는 발굽이 낫자 전보다 더 열심히 일했다. 실제로 모든 동물들이 1년 내내 노예처럼 일했다. 많은 농장일과 풍차를 다시 세우는 일 말고도 3월부터는 새끼 돼지들의 교실 건축 공사까지 시작됐다. 일은 힘든데 배급되는 식량이 적으니 오래 버티기가 힘들었다. 그래도 복서는 참고 열심히 일했다. 그의 말이나 행동을 보면 조금도 피곤해 보이거나 지쳐 보이지 않았다. 다만 달라진 것이 있다면 그의 겉모습이었는데, 피부의 윤기가 전보다 못하고, 엉덩이에 붙은 살이 조금 빠진 것 같았다.

"봄에 새싹을 먹으면 복서도 살이 좀 오르겠지."

동물들은 그렇게 말했다. 그런데 봄이 왔는데도 복서는 다시 살이 오르지 않았다. 그래도 복서는 꾀를 부리지 않고 힘든 일을 열심히 했다. 어떻게 보면 정신으로 버티는 것 같았다. 클로버와 벤자민이 그런 복서에게 건강을 생각해서 몸조심하라고 충고를 했다. 그러나 복서는 여전히 그들의 충고를 듣지 않았다.

"은퇴하기 전에 돌을 충분히 옮겨다 놓아야 해."

복서는 오직 그 생각뿐이었다. 그의 열두 번째 생일이 다가오고 있었다. 그러니 자신이 은퇴하기 전에 일을 더 하고 싶었다.

어느 여름날 저녁이었다. 복서가 이상하다는 소문이 농장 안에 쫙 퍼졌다. 그는 혼자서 돌무더기를 풍차 있는 곳까지 끌어가기 위해 나가고 없었다. 동물들이 모두 궁금해하고 있을 때, 비둘기들이 날아와 복서의 소식을 전해 주었다.

"복서가 쓰러졌어요. 옆으로 쓰러져서 일어나지를 못해요."

동물들은 깜짝 놀라 풍차 공사가 벌어지고 있는 언덕으로 달려 갔다. 복서는 돌을 실은 짐마차의 굴대 사이에 끼어 머리를 들지도 못한 채 목을 길게 빼고 쓰러져 있었다.

그의 눈은 생기를 잃은 채 흐리멍텅했고, 옆구리는 온통 땀으로 젖어 있었다. 입에서는 약간의 피도 흘러나왔다. 클로버가 무릎을 꿇고 그의 옆에 앉았다.

"복서, 어떻게 된 일이오?"

"폐를 좀 다친 것 같소. 그렇지만 대단치 않아요. 이젠 내가 없더라도 풍차를 완성할 수 있겠지? 돌을 많이 모아 놓았으니 좀 안심이 되오. 어차피 나는 이제 한 달 뒤면 은퇴해야 하오. 나는 그날을 기쁘게 기다리고 있소이다. 벤자민도 이제 나이를 먹었으니 나와 같이 은퇴해서 말동무나 하면서 지냅시다."

복서의 말은 힘이 없었다.

"누가 스퀼러에게 빨리 가서 이 일을 알려 주세요."

클로버가 울먹이며 소리쳤다. 다른 동물들이 스퀼러에게 알리기 위해 농장 집으로 달려갔다. 클로버와 벤자민만이 남게 되었다. 벤자민은 복서 옆에 묵묵히 앉아 기다란 꼬리로 그에게 달라붙는 파리들을 쫓아 주고 있었다.

15분 정도 지나자 스퀼러가 걱정이 가득 한 표정으로 나타났다.

"정말 안타까운 일이오. 복서는 우리 농장에서 가장 부지런하고 열심히 일하는 동지인데 말이오. 이렇게 성실한 동지에게 불행이 닥치다니……. 나폴레옹 동지께서도 매우 슬퍼하시며, 복서 동지를 윌링던 시의 병원에서 치료받을 수 있도록 할 것이라 했소."

스퀼러는 복서와 다른 동물들을 안심시켰다. 얼마 뒤 복서는 조금 회복이 되어 간신히 마구간까지 걸어갈 수 있게 되었다. 클로버와 벤자민이 같이 따라가서 짚더미로 편안한 침대를 마련해 주었다.

그로부터 이틀 동안 복서는 마구간에서 꼼짝도 못하고 지냈다. 돼지들이 농장 집의 욕실에서 약상자를 발견하여 그 속에 들은 분홍색 약병을 보내 주었으며, 클로버는 하루에 두 번씩 식사 후에 그 약을 복서에게 먹였다. 밤이 되면 클로버는 복서의 우리로 건너와서 이야기를 나누며 함께 지냈고, 벤자민은 복서 옆에 말없이 앉아 꼬리로 날아오는 파리를 열심히 쫓아 주었다.

"벤자민, 너무 걱정하지 말게. 난 괜찮네."

복서는 자기가 병에 걸린 것에 대해서 조금도 슬퍼하지 않는다고 말했다. 병이 낫는다면 한 3년은 더 살 수 있을 것이며, 그렇게 되면 목장 한 구석에서 한가로운 삶을 보낼 것이라고 했다. 그때는 태어나서 처음으로 공부도 하고, 시간 여유가 있을 것이니 아직도 다 외우지 못한 알파벳의 남은 글자를 외워 보겠다고 포부를 밝혔다.

복서를 태워 갈 마차가 온 것은 한낮이었다. 그때 동물들은 돼지의 감독 아래 무밭에서 열심히 풀을 뽑고 있었다.

그들은 벤자민이 농장 건물 쪽에서 소리를 지르며 뛰어오는 것을 보고 모두 놀랐다. 벤자민이 저렇게 흥분하는 것은 처음 보기 때문이었다.

"빨리들 와 봐요. 복서를, 복서를 데려가려 해요."

"복서를 데려간다고? 아, 병원에 데려간다는 말이군."

"어서들 가서 인사나 합시다."

동물들은 돼지의 명령도 듣지 않고 농장 건물을 향해 달려갔다. 과연 마당 한가운데는 두 마리의 말이 끄는 마차가 있었고, 마부석에는 모자를 쓴 남자 하나가 앉아 있었다.

동물들은 마차 둘레에 모여들었다.

"복서, 잘 갔다 와요."

"걱정하지 말고 치료 잘 받아요."

동물들은 큰 소리로 복서에게 인사를 했다.

그러나 벤자민은 껑충껑충 뛰며 소리를 질렀다.

"그게 아니오. 저기를 좀 보시오. 아이고, 이 눈 뜬 장님들! 저기 마차에 뭐라고 써 있는지 아시오?"

벤자민이 난리를 치는 바람에 동물들은 갑자기 조용해졌다.

뮤리엘이 한 자씩 더듬거리며 마차에 씌어 있는 글자를 읽어 내려갔다.

"알, 프, 레, 드, 시……."

그러자 답답함을 참지 못한 벤자민이 그녀를 밀치고 크게 소리를 내어 읽었다.

"알프레드 시몬스, 말 도살업 및 아교 제조업, 윌링던시. 가죽 및 뼛가루 판매, 개집 판매. 저 말이 무슨 뜻인지 모르겠소? 복서는 병원으로 치료를 받으러 가는 게 아니라 말 도살장으로 끌려가는 것이란 말이오."

"아악!"

"뭐라고요?"

동물들의 입에서는 일제히 공포의 비명 소리가 터져 나왔다.

분위기가 심상치 않자 마부석에 앉은 남자가 갑자기 채찍을 휘둘렀다.

"이랴! 이랴!"

마차는 빠른 속도로 마당을 벗어났다.

동물들이 모두 소리를 지르면서 마차 뒤를 따랐다. 클로버는 다른 동물들을 헤치고 맨 앞으로 나섰다. 마차는 점점 속력을 내기 시작했다. 클로버는 다리에 힘을 주어 더 빨리 달려 보았지만 쉽지가 않았다.

"복서! 복서!"

클로버가 소리 높여 외쳤다. 그러자 밖에서 일어나는 소동을 알았는지 복서의 얼굴이 마차 뒷문의 작은 창에 나타났다.

"복서! 얼른 뛰어내려요. 당신을 죽이러 가는 거예요."

"복서! 뛰어내려요. 어서!"

"복서! 어서요!"

다른 동물들도 클로버의 소리에 맞춰 외쳐 댔다. 그러나 마차는 이미 그들로부터 멀어지고 있었다. 동물들이 외치는 소리를 들었는지 마차 안에서는 잠시 발을 구르는 요란한 소리가 들려오기도 했다.

실제로 복서는 문을 부수고 도망치려 시도해 보았다. 예전 같으면 아마 복서의 발길질 몇 번에 마차의 문은 부서지고 말았을 것이다. 그러나 지금 복서에게는 그럴 만한 힘이 없었다. 몇 번 쿵쾅거리는 소리가 들리더니 이내 들리지 않았다. 동물들은 마차를 끌고 가는 말들을 향해 목이 터져라 울부짖었다.

"안 돼, 동지들! 당신들의 형제란 말이야. 도살장으로 데려가면 안 돼."

그러나 멍청한 두 마리의 말은 그게 무슨 말인지도 모르는 채 힘차게 달리기만 했다. 마차는 순식간에 빗장이 다섯 개 걸린 정문을 빠져나가 큰길로 내달렸다. 그리고 동물들의 눈에서 이내 사라져 버렸다.

사흘이 지난 뒤 복서는 윌링던의 동물 병원에서 받을 수 있는 치료는 다 받았지만 슬프게도 죽고 말았다는 발표가 있었다. 스퀼러가 이 소식을 전하면서 덧붙여 말했다.

"동지들, 나는 지금까지 이렇게 마음 아픈 경험을 해 보지 못했소. 나는 복서가 마지막 숨을 거둘 때까지 그의 곁에서 지켜 보았소이다. 복서는 죽음이 가까워지자 아주 힘 없는 소리로 내 귀에 대고 말하였소. 풍차가 완공되는 것을 보지 못하고 죽는 것이 안

타깝다고."

스퀼러는 앞발을 들어 눈물을 닦았다.

"전진하시오, 동지들! 동물 농장 만세! 나폴레옹 동지 만세! 나폴레옹은 항상 옳다! 동지 여러분, 이것이 그가 남긴 최후의 말이었소."

이렇게 말하고 난 스퀼러는 갑자기 눈빛이 달라졌다. 그는 구석구석을 날카로운 눈으로 살피면서 다시 입을 열었다.

"동지 여러분! 복서 동지가 병원으로 실려간 후 나는 못된 소문을 들었소. 여러분 가운데 복서를 태우고 간 마차에 '폐마 도살업'이란 글씨가 씌어 있는 것을 보고 경솔하게 말한 동지가 있는 것으로 아오. 마치 복서가 도살업자에게 끌려간 것처럼 말이오. 그러나 그런 일은 있을 수 없는 일이오. 우리들이 존경하는 나폴레옹 동지가 어떤 분인 줄 아시오? 복서를 윌링던의 동물 병원으로 보내 그를 살릴 수 있는 치료란 치료는 다 하도록 하신 분이란 말이오. 그런 분이 그런 말도 안 되는 의심을 받다니 참으로 원통한 일이오. 왜 나폴레옹 동지가 하는 일을 의심하는 것이오?"

스퀼러의 설명은 이랬다. 그 마차는 원래 도살업자의 것이었는데, 동물 병원의 의사가 그것을 사서 미처 글자를 지우지 못했다는 것이다. 그것이 오해를 불러일으켰다고 했다.

"그럼, 그렇지!"

"괜히 벤자민의 말만 듣고 오해를 했군!"

동물들은 스퀼러의 설명을 듣고 비로소 안심했다.

더구나 스퀼러가 친절하게도 복서의 임종 모습을 자세히 이야기해 주며, 아울러 나폴레옹 동지가 돈을 아끼지 않고 값비싼 약을 쓰게 했다고 하자 동물들의 의심은 눈 녹듯 사라졌다. 적어도 복서가 행복하게 죽음을 맞이했다는 생각에 슬픔도 달랠 수 있게 되었다.

그 다음 일요일에는 나폴레옹이 직접 회의에 나타나 복서를 찬양하는 짧은 연설을 했다.

"죽은 복서 동지의 시체를 농장으로 가져올 수는 없었지만, 나는 정원에서 자라고 있는 월계수로 커다란 화환을 만들어 그의 무덤에 보내도록 명령하였소. 뿐만 아니라 우리 돼지들은 며칠 뒤 그를 추도하는 행사를 갖기로 하였소."

나폴레옹은 복서가 살아 있을 때 좋아 하던 두 개의 좌우명을 동물들에게 상기시켜 주며 연설을 끝냈다. 그것은 복서가 항상 외우고 다니던 말이었는데, '내가 조금 더 일하자.'와 '나폴레옹 동지는 언제나 옳다.'라는 것이었다. 나폴레옹은 이 말을 모든 동물들이 자신의 신조로 삼았으면 좋겠다고 덧붙여 말했다.

복서에 대한 추도 행사가 열리기로 되어 있던 날이었다. 윌링턴의 어떤 식료품 가게의 마차 한 대가 농장으로 들어와 커다란 나무 상자 하나를 돼지들이 머무르는 농장 집에 놓고 돌아갔다.

그날 밤, 농장 집에서는 노랫소리와 함께 시끄럽게 다투는 소리가 들려왔다. 그러더니 밤 11시쯤 유리창 깨지는 소리가 나면서 조용해졌다.

다음 날 정오까지 농장 집에는 돼지 한 마리도 얼씬거리지 않았다. 다만 어디서 돈이 났는지 지난 밤 돼지들이 위스키 한 상자를 사들여 마시며 놀았다는 소문이 농장에 파다하게 퍼져 나갔다.

돼지들의 교만과 거래

몇 해가 빠르게 흘러갔다. 계절은 여러 번 바뀌었고, 그동안에 많은 동물들이 짧은 일생을 마치고 세상을 떠났다. 이제는 클로버와 벤자민, 까마귀 모지스, 그리고 몇몇 돼지들을 빼면 반란 이전의 일을 기억하는 동물은 아무도 없었다.

염소 뮤리엘과 블루벨, 제시, 핀처 같은 개들도 죽었다. 옛 농장 주인이었던 존스 씨도 세상을 떠났다. 그는 어느 지방에 있는 알코올 중독자 수용소에서 죽었다고 한다. 스노볼은 이제 동물들의 기억 속에서 사라졌다. 복서도 그를 기억하고 있는 동물 몇몇을 빼면 잊혀진 존재였다. 클로버는 이제 관절이 굳어져 버렸고, 눈물이 자주 나오는 늙고 뚱뚱한 암말이 되어 있었다. 그녀는 은퇴

할 나이에서 두 해나 지났지만, 동물 농장에서 나이 들어 은퇴 생활을 하는 동물은 아무도 없었다. 은퇴한 동물들을 위해 목장 한 구석을 휴양지로 쓰겠다던 이야기는 말로 끝났을 뿐이다.

나폴레옹은 이제 몸무게가 336파운드나 나가는 성숙한 수퇘지가 되었다. 스퀼러는 너무 뚱뚱해져서 눈까지 가늘어졌고, 그 때문에 물건을 보기 위해 눈 뜨는 일조차 힘들어 했다. 그러나 늙은 벤자민은 아직 옛 모습 그대로 보였다. 다만 콧등의 흰 부분이 조금 더 늘었을 뿐이었다. 그는 복서가 죽은 뒤로 더욱 쓸쓸하게 지냈고 말수가 적어졌다.

그 사이 농장의 동물들은 많이 늘어났지만, 처음 예상한 것보다는 그 비율이 크지 않았다. '반란'에 대한 이야기도 새로 태어난 동물들에게는 까마득한 전설처럼 여겨질 뿐이었다. 때문에 그 사실을 믿는 동물들은 거의 없었으며, 더구나 외부에서 들어온 동물들은 그런 이야기조차 들어 본 적도 없다고 했다.

농장에는 클로버 말고도 세 마리의 말이 더 있었다. 그들은 몸매가 날씬하고 멋지게 생긴 말로서 일 잘하는 말이었으나 머리가 영 깡통이었다. 세 마리 가운데 어느 하나도 알파벳의 에이(A), 비(B) 두 글자 말고는 더 이상 알지를 못했다. 그들은 클로버가 들려주는 과거 '반란'이나 '동물주의'에 대한 이야기를 무조건 믿고 순순히 받아들였다. 클로버를 어머니처럼 믿고 따랐으며 존경했기 때문이었다. 그러나 그들이 과연 자기들이 들은 이야기를 제대로 이해하는지는 의문이었다.

농장은 옛날보다 더 번창하였고 조직적으로 움직였다. 필킹턴으로부터 목초지로 쓸 밭을 두 곳이나 사들여 농장도 더 넓어졌다. 풍차도 완공되어 농장에는 전용 탈곡기와 건초 운반기가 설치되고, 건물도 여러 채가 더 세워졌다. 중개인 휨퍼 씨는 바퀴가 두 개 달린 자기 소유의 마차를 한 대 장만했다.

풍차는 기대했던 발전용으로 이용되지는 않았다. 하지만 곡식을 빻는 방아용으로 이용하여 짭짤한 소득을 올렸다.

동물들은 또다른 풍차 건설에 매달렸다. 이 풍차가 완공되면 진짜 발전기가 설치된다고 했다. 그러나 스노볼이 말했던 건물에 전기가 들어오고, 더운 물이 나오고, 1주일에 세 번만 일하면 된다는 사치스런 이야기는 아무도 꺼내지 않았다. 그와 같은 생각은 '동물주의'에 위배된다고 나폴레옹이 말했기 때문이었다.

"동물들의 참된 행복은 열심히 일하고, 검소하게 생활하는 데 있소."

나폴레옹은 동물들에게 늘 이렇게 외쳤던 것이다.

농장은 분명히 전보다는 풍요로워졌는데, 동물들의 생활은 별

로 나아진 것 같지가 않았다. 물론 돼지와 개들은 제외하고.

어쩌면 그 이유가 농장에 돼지나 개의 수가 더 많아졌기 때문인지도 모른다. 그들이 먹어야 할 식량이 더 늘어났을 테니까. 그렇다고 그들이 일을 하지 않는 것은 아니었다. 그들은 그들 나름의 일이 있었던 것이다. 스퀼러의 말에 따르면 그들은 늘 농장을 지휘 감독하고 조직을 정비하느라 끊임없이 일해 왔던 것이다. 이와 같은 일은 무식한 다른 동물들로서는 도저히 할 수 없는 것이었다. 예를 들면 각종 서류들을 정리하고 보고서를 꾸미고, 회의록을 작성하며, 각서를 받는 일 같은 것이었다. 스퀼러는 농장을 운영하는 데 이런 일이 제일 중요하다고 말하였다. 그러나 돼지나 개들은 자기들이 먹을 식량을 제 손으로 생산하는 일은 하지 않았다. 게다가 농장 안에는 그들의 수가 너무 많았고, 식욕 또한 너무 왕성했다.

다른 동물들의 생활은 옛날이나 달라진 게 없었다. 그들은 늘 굶주렸고, 짚더미 위에서 잠을 잤으며, 웅덩이 물을 마셨고, 눈만 뜨면 밭에 나가 일을 해야 했다. 겨울에는 추위 때문에 떨어야 했고, 여름에는 파리 떼 때문에 괴로움을 당했다.

나이든 동물들은 흐릿한 기억을 더듬어 반란이 성공하여 존스를 쫓아 냈을 때의 초기 농장 생활이 지금보다 나았었는지 그렇지 않앗는지에 대해 떠올려 보려 하였지만 헛수고였다.

　그것들은 이미 기억 속을 벗어나 있어 아무것도 생각나는 게 없었기 때문이다. 오직 스퀼러가 보여 주는 통계 자료 이외에는 비교할 것이 없었다.

　그러나 벤자민은 달랐다. 그는 유일하게 자기가 살아온 생활을 모두 기억하고 있는 동물이었다. 그는 지금의 생활이 전보다 좋아지거나 나빠지지도 않았으며, 앞으로도 마찬가지일 것이라고 했다. 왜냐하면 굶주림과 괴로움, 그리고 고통과 실망 같은 것은 세상에서 바꿀 수 없는 삶의 법칙이기 때문이라는 것이었다.

　그러나 동물들은 결코 희망을 버리지 않았다. 오히려 그들은 동물 농장의 한 가족으로 일하는 것에 대해 명예와 자부심을 가졌다. 동물 농장은 이 지방에서, 아니 영국 전체에서 유일하게 동물들 스스로 운영하는 단 하나뿐인 농장이기 때문이었다. 축포가 발사되고, 게양대 끝에 녹색 깃발이 펄럭이는 것을 보는 그들의 가슴은 한없는 긍지로 차 올랐다.

　그들은 아직 꿈을 잊지 않고 있었다. 메이저가 살아 있을 때에 예언했던 영국의 푸른 들판에서 인간의 발길을 몰아낸 다음, 그때에 비로소 '동물 공화국'이 세워질 것이라는 꿈을 그들은 신앙처럼 받들고 있었다. 그날이 반드시 오리라는 믿음으로. 물론 가까운 장래는 아닐지 모른다. 어쩌면 지금 살아 있는 동물들이 모두 죽은 뒤에 이루어질 수 있을 것이다. 그러나 언젠가는 그날이 꼭 오고야 말 것이다.

그동안 금지되었던 「영국의 동물들」이란 노래도 몰래몰래 여기저기서 흥얼거려지고 있는 것 같았다. 누구도 큰 소리로 마음놓고 부르지는 않았으나, 농장의 모든 동물들이 그 노래를 알고 있는 것만은 사실이었다. 그들은 생활이 힘들고 괴로울 때가 많았지만, 분명히 다른 동물들과는 다르다는 자부심을 갖고 있었다. 배가 고파도 그것은 인간들을 먹여 살리기 위해서가 아니었으며, 열심히 일해야 하는 것은 분명히 자신들을 위해서였다. 그들 가운데는 두 발로 걷는 동물이 없었으며, 다른 어느 동물도 '주인님'이라고 부르지 않았다. 그들은 모두 평등했다.

늦여름의 어느 날이었다. 스퀼러는 양들을 이끌고 농장 한 끝의 땅으로 갔다. 그곳은 개간하지 않은 황무지였다. 거기에는 어린 자작나무들이 무성하게 자라고 있었다. 양들은 스퀼러의 감독 아래 하루 종일 그곳에서 싱싱한 나뭇잎을 먹으며 지냈다.

"이곳에서 꼼짝도 하지 마시오. 농장에 돌아오지 말고 이곳에 있으란 말이오."

"알았어요."

양들은 영문도 모른 채 스퀼러가 시키는 대로 했다.

저녁이 되자 스퀼러는 양들을 그곳에 남겨 놓고 혼자 농장 집으로 돌아왔다. 양들은 그곳에서 동물들과 떨어진 채 1주일을 보내야 했다. 그 때문에 다른 동물들은 농장에서 볼 수가 없었다.

스퀼러는 매일 낮 시간의 대부분을 양들과 함께 보냈다. 그는 양들에게 비밀로 한 채 새로운 노래를 가르치고 있었던 것이다.

양들이 다른 동물들과 떨어져 지내다가 막 돌아온 직후, 일을 끝내고 돌아오던 동물들이 건물로 들어가려는 순간이었다. 농장의 안뜰에서 몹시 놀란 말의 울음소리가 들려왔다.

"이게 무슨 소리야?"

"클로버의 울음소리 같은데?"

동물들은 깜짝 놀라 그 자리에 우뚝 섰다.

그것은 클로버의 소리가 맞았다. 그가 큰 소리로 다시 한 번 소리치자 동물들은 안뜰로 일제히 달려갔다. 그때 그들은 클로버가 본 광경을 보게 되었다.

뚱뚱한 돼지 한 마리가 앞발은 들어 올린 채 뒷발로 서서 걸어다니고 있었다. 스퀼러였다. 그는 커다란 몸을 두 발로 지탱하고 서 있었는데, 아직은 폼이 엉성하고 어색했지만 조심스럽게 안뜰을 두 발로 걸어다니고 있는 중이었다. 스퀼러뿐 아니라 다른 돼지들도 뒤뚱뒤뚱 두 발로 걸어다니고 있었다.

갑자기 개 짖는 소리가 가까이 다가왔다. 수탉의 높은 울음소리도 들려왔다. 그러자 곧 나폴레옹이 개들을 데리고 나타났다. 그런데 이게 웬일인가? 날카로운 눈빛을 좌우로 번득이며 나타난 그도 두 발로 걷고 있는 것이었다. 그는 앞발에 채찍까지 들고 있었다. 사나운 개들이 그의 주위를 맴돌았다.

"……."

동물들은 이 엄청난 광경을 숨소리조차 내지 못하고 지켜보았다. 죽음과 같은 침묵의 시간이 흘러가고 있었다. 그들은 공포에 질린 채 줄지어 행진하는 돼지들을 멍하니 바라보았다. 세상이 바뀌어져도 크게 바뀌어진 듯싶었다.

처음의 충격이 어느 정도 가시자 동물들은 개들에 대한 공포에도 불구하고 이건 그냥 넘어갈 일이 아니라는 생각을 했다. 오랜 세월 동안 불평하지 않고, 비판도 하지 않던 생활이었지만 이건 항의를 해야 한다는 의무감 같은 것이 들었던 것이다. 그런데 바로 그때, 갑자기 양들이 큰 소리로 외쳐 대기 시작했다.

"네 발은 좋고, 두 발은 더 좋다! 네 발은 좋고, 두 발은 더 좋다!"

양들의 외침은 5분 동안이나 계속되었다. 그 바람에 동물들은 항의할 시간을 놓쳐 버리고 말았다. 양들의 외침이 끝나자 동물들은 이미 항의할 기분이 아니었다. 돼지들이 벌써 농장 집으로 들어가 버렸기 때문이었다.

당나귀 벤자민은 누군가가 자기 어깨에 코를 비비고 있음을 느꼈다. 돌아다보니 클로버였다. 나이 먹은 클로버의 눈은 전보다 더욱 생기 없어 보였다. 그는 조용히 벤자민의 갈기를 끌어당겨 일곱 계명이 씌어 있는 창고로 데리고 갔다.

"여기는 왜……."

벤자민은 클로버를 보며 말했다.

"이젠 눈이 어두워져 보이지가 않는군."

애를 쓰며 한참 벽을 올려다보던 클로버가 혼잣말처럼 말했다.

"하긴 뭐 젊었을 때도 저 글씨들을 읽지는 못했지. 그런데 내가 보기에는 벽의 글씨들이 좀 달라져 보이는 것 같은데……. 벤자민, 일곱 계명이 예전 그대로인가?"

"클로버, 그게……."

벤자민은 우물쭈물할 뿐 대답을 하지 못했다.

"알았네. 읽어 줄 테니 잘 듣게."

벤자민은 지금까지 이런 일에는 절대로 끼어들지 않기로 하였는데, 마음을 바꾸었다. 그래서 벽에 있는 글자들을 클로버에게 있는 그대로 읽어 주었다. 벽에는 단 하나의 계명만 있을 뿐 아무것도 써 있지 않았다. 그 한 가지 계명은 다음과 같은 것이었다.

모든 동물은 평등하다.
그러나 어떤 동물은 다른 동물들보다 더 평등하다.

그다음 날부터 농장의 작업을 감독하는 돼지들은 모두 앞발에 채찍을 들고 나왔다. 하지만 그것이 이상한 느낌이 들지 않았다. 뿐만 아니라 돼지들은 라디오를 사 들였고, 전화를 설치하였으며, 잡지와 신문을 구독하여 본다는 발표가 있었어도 동물들은 이상하다는 생각을 하지 않았다. 왜냐하면 어떤 동물은 다른 동물들보다 더 평등할 수가 있으니까.

돼지들이 옷장에서 존스 씨의 양복을 꺼내 입고 다니며, 나폴레옹이 파이프 담배를 물고 뜰을 거닐거나 검은색 웃옷에 승마용 바지를 입고 있어도 이상하지 않게 되었다. 나폴레옹이 귀여워하는 암퇘지가 옛날 존스 부인이 일요일마다 입고 있던 물결 무늬 비단을 걸치고 나타나도 전혀 이상할 것이 없었다.

그 뒤 1주일이 지난 어느 날 오후였다. 여러 대의 마차들이 농장으로 들어왔다. 가까운 농장의 주인 대표들이 동물 농장 시찰단에

초대된 것이다. 그들은 농장의 구석구석을 돌아보며 감탄하고 입
에 침이 마르도록 칭찬했다. 특히 풍차 건설에 대해서는 더욱 그
랬다.

동물들은 때마침 무밭에서 김을 매는 중이었다. 그들은 땅에서

고개도 들지 않은 채 일만 열심히 했다. 돼지들의 변화가 놀라운 일인지, 돼지들의 초대에 인간이 손님으로 온 것이 더 놀라운 일인지 분간할 수가 없기 때문이었다.

그날 밤, 농장 집에서는 커다란 웃음소리와 함께 노랫소리가 흘러나왔다. 인간과 동물의 소리가 뒤섞여 들려오는 것에 대해 동물들은 매우 궁금해했다.

'이제 비로소 동물들과 인간이 대등하게 된 것일까?'

'도대체 무슨 일들을 하고 있을까?'

동물들은 호기심이 생겨 약속이나 한 듯이 농장 집으로 숨어 들어갔다. 대문 앞까지 와서 그들은 겁이 나 잠시 멈칫했으나 클로버가 앞장서 들어가는 바람에 같이 따라 들어갔다. 그리고 가만히 창문을 통해 안을 들여다보았다.

응접실의 탁자 둘레에는 농장주 여섯 명과 계급이 높은 돼지들이 앉아 있었고, 나폴레옹은 제일 높은 자리를 차지하고 있었다. 그들 모두는 어색함이 없이 자연스럽게 어울리고 있었으며, 지금은 카드놀이를 하다가 잠시 쉬는 중인 것 같았다. 그들은 맥주 잔을 돌리며 술을 마시고 있었는데, 다른 동물들이 지금 창문으로 들여다보고 있다는 것을 아무도 눈치채지 못하고 있었다.

폭스우드 농장의 필킹턴 씨가 맥주 잔을 들고 일어서며 말했다.

"여기 참석한 여러분과 같이 건배를 하겠습니다. 건배를 하기 전 먼저 여러분에게 소감 한 마디를 하려 합니다. 오랜 기간에 걸친 불신과 오해가 이제 다 풀린 것 같아 기쁘게 생각합니다. 지난 날에는 나를 비롯하여 여기 계신 여러분들도 이 동물 농장에 대해 얼마간 불안한 눈길로 바라보던 때가 있었습니다. 돼지들이 주인이 되어 농장을 경영한다는 것이 어딘가 비정상적이고, 잘못하면 가까운 농장에 나쁜 영향을 미칠 수 있다는 우려를 가졌기 때문이었습니다. 대부분의 농장 주인들은 정확하게 알아보지도 않고, 이런 농장은 보나마나 무법 천지로 무질서가 판을 칠 거라고 처음부터 생각했기 때문입니다. 그러나 이제 그와 같은 의심은 다 사라졌습니다. 오늘 나와 같은 우리 농장주들은 이 동물 농장에 와서 구석구석을 살펴보았습니다. 우리는 여기서 가장 귀한 것을 하나 발견했습니다. 농장주들에게 참으로 모범이 될 규율과 질서를 발견한 것입니다. 이 농장의 동물들은 어떤 농장의 동물들보다도 많은 일을 하면서도 적은 식량에도 만족하고 있다는 것입니다. 오늘 이곳에 초대된 여러분은 즉시 자신들의 농장에도 이러한 결과를 도입할 수 있기를 바랍니다. 나는 이제 이 동물 농장과 인근의 다른 농장과의 사이에 앞으로도 계속 친분 관계를 유지해야 한다고 강조하며 인사말을 끝내려 합니다. 돼지와 인간과의 사이에는 지금까지 어떤 싸움도 없었으며, 또 있을 수도 없습니다."

필킹턴 씨는 미리 생각하여 온 우스갯소리를 이쯤에서 이야기하려 하였으나 그 말을 하기도 전에 웃음이 터져 나오려고 하여 잠시 말을 중단했다. 그러다 보니 그는 살찐 턱살이 벌개지도록 숨을 멈춘 다음 말을 이어야 했다.

"동물 농장의 주인 여러분, 당신들에게 다스려야 할 하급 동물들이 있다면 우리 인간들에게는 하층 계급이라는 것이 있습니다."

그러자 돼지들과 농장주들이 웃어 대며 소리를 질렀다. 필킹턴 씨는 다시 한 번 동물 농장이 식량 분배는 줄이면서 일하는 시간은 늘려 농장을 운영하는 것에 대해 축하하고, 또한 그럼에도 동물들이 질서 있게 생활하는 것에 대해 칭찬을 하였다.

"자, 여러분! 우리 모두 잔을 들어 건배를 합시다. 동물 농장의 발전과 번영을 위하여!"

그러자 모두 맥주 잔을 높이 들고 알 수 없는 괴성을 지르며 발을 굴러 댔다.

나폴레옹은 필킹턴 씨의 칭찬에 감동을 받았는지 자리에서 일어났다. 그리고 잔을 든 채 필킹턴 씨에게로 다가가 '쨍' 하고 술잔을 부딪쳤다. 주위가 조용해지자 나폴레옹이 선 자세로 입을 열었다.

"나도 오해의 시대가 막을 내린 것에 대하여 매우 기쁘게 생각합니다. 오랫동안 나와 나의 동료 돼지들에 대하여 나쁜 소문들이 있었음을 우리는 압니다. 우리들이 인근의 농장 동물들을 선동하여 반란을 일으키려 한다는 소문이 바로 그런 것입니다. 그러나 이런 소문은 사실이 아닙니다. 우리들의 소원은 예나 지금이나 주위의 여러분과 항상 평화롭게 정상적인 거래를 유지하면서 살아가고자 하는 것입니다. 내가 관리하고 있는 이 농장은 공동 작업장입니다. 내가 소유하고 있는 농장의 권리 증서는 모두 돼지들의 공동 소유로 되어 있다는 것입니다. 지난날의 의혹이 아직도 남아 있다고는 생각하지 않지만 서로 믿음을 갖기 위해서 나는 우리 농장에서 행해 오던 말과 습관을 뜯어고치려 합니다. 우선 '동지'라고 부르는 말을 쓰지 않겠습니다. 또 언제부터인지 모르지만 일요일 아침마다 게양대 앞의 수퇘지 두개골 앞을 행진하는 것 역시 금지하기로 하겠습니다. 그 두개골 뼈는 이미 땅에 묻어 버렸습니다. 또 여러분은 오늘 게양대 위에 펄럭이는 농장의 깃발을 보았을 것입니다. 원래는 그 깃발에 발굽과 뿔이 그려져 있었는데, 그것을 지워 버리고 녹색 깃발만 사용할 것입니다. 그리고 아까 필킹턴 씨의 우정에 넘치는 멋진 말씀 잘 들었습니다. 한 가지 덧붙여 말씀드린다면 이제 이 농장은 '동물 농장'이 아니라는 것입니다. 필킹턴 씨가 계속 '동물 농장'이라고 말씀하셨는데, 이는 '동물 농장' 이름이 폐지된 것을 모르셨기 때문일 것입니다. 이제 이 농장의 이름은 처음 그대로 '메이너 농장'입니다. 여러분, 나도 조금 전 필킹턴 씨가 하였듯이 건배를 하려 합니다. 우선 컵에 술을 가득 채워 주십시오. 자, 여러분! 메이너 농장의 무궁한 발전을 위하여, 건배!"

나폴레옹이 잔을 치켜들자 또다시 발을 구르며 환호성이 터졌다. 잔은 모두 바닥까지 비워졌다.

이 광경을 밖에서 창문을 통해 들여다보고 있는 동물들은 불안감에 휩싸였다. 뭔가 이상한 일이 일어나고 있는 것 같았기 때문이었다. 돼지들의 표정에 뭔가 변화가 일어나고 있는 것 같은데 알 수가 없었다.

클로버의 침침한 눈은 돼지들을 자세히 살펴보고 있었다. 뭔가 변화가 일어나고 있는 것 같은데 무엇일까? 응접실에서는 박수와 함성이 끝나자 인간들과 돼지들이 앉아서 다시 카드놀이를 시작했다. 창문으로 집 안을 들여다보던 동물들은 소리 없이 그 자리를 떠났다.

그러나 동물들은 얼마 가지 않아 발걸음을 멈추었다. 농장의 집 안에서 시끄러운 함성이 들려왔기 때문이었다. 그 소리는 조금 전과는 전혀 다른 매우 심하게 싸우는 소리였다. 동물들은 다시 되돌아와 창문으로 몰래 넘겨다보았다. 안에서는 무서운 싸움이 벌어지고 있었다.

고함 소리와 함께 탁자 부서지는 소리가 났고, 의심에 찬 눈빛들이 오갔으며, 상대방의 말을 가로막는 시끄러운 욕설이 계속 터져 나왔다. 싸움의 원인은 나폴레옹과 필킹턴 씨가 동시에 스페이드 에이스 카드를 내놓았기 때문이었다.

"이봐, 이건 속임수잖아! 어떻게 똑같은 카드가 나올 수 있어! 네가 스페이드 에이스를 한 장 숨겨 놓았지?"

필킹턴 씨가 자리에서 벌떡 일어나 나폴레옹에게 삿대질을 하며 소리쳤다.

"흥, 누가 할 소리! 너야말로 속임수를 쓴 거잖아. 이래서 인간은 믿을 수가 없다니까!"

나폴레옹도 자리에서 벌떡 일어나 소리를 쳤다.

"뭐, 인간은 믿을 수가 없어? 어디 돼지 주제에 감히 인간한테 대들어!"

"뭐, 돼지? 너 말 다했어?"

"그래, 말 다했다. 어쩔래?"

이제 응접실에는 열두 개의 화난 목소리들이 맞고함을 쳐 대기 시작했다. 그 목소리들은 서로 비슷하여 인간과 돼지의 말을 분간

할 수가 없었다.

　돼지들의 얼굴에 어떤 변화가 일어나고 있었는지 이제 알 것 같았다. 창밖의 동물들은 돼지에게서 인간으로, 인간에게서 돼지에게로 번갈아 시선을 옮겼다. 그러나 누가 돼지이고, 누가 인간인지 분간할 수가 없었다.

● 이해 능력 Level Up!

1. 다음 중 '동물 농장'의 내용과 다른 것은 무엇인가요?

   1) 동물들이 등장하여 사람처럼 말하고 생각하고 행동한다.

   2) 동물들은 인간을 내쫓고 농장을 차지한 다음 스스로 경영한다.

   3) 동물들은 힘을 합하여 인간들의 공격을 두 번이나 잘 막아 낸다.

   4) 동물들은 누구나 평등한 대접을 받으며 모두가 행복한 생활을
      한다.

   5) 농장 주인이었던 존스 씨는 동물들에게 쫓겨나 술로 세월을
      보내다 죽는다.

2. 동물 농장의 동물들이 다음과 같이 행동한 이유는 무엇인가요?

> 이렇게 하여 뒷문 뒤에서 잠자고 있는 까마귀 모지
> 스만 빼고는 농장 안의 모든 동물들이 다 모인 셈이
> 었다. 동물들은 저마다 자리에 편하게 앉아 이야기
> 들을 준비를 끝내고 메이저를 바라보았다.

   1) 메이저가 먹을 것을 나누어 준다고 했기 때문에

   2) 메이저가 꿈 이야기를 들려준다고 했기 때문에

   3) 앓는 동물을 병문안하기 위해서

4) 동물들끼리 운동을 하기 위해서

5) 주인집 개들을 혼내 주기 위해서

3. 메이저가 동물들에게 한 이야기 중 거리가 먼 것은 무엇인가요?

1) 우리 동물은 죽지 않을 만큼의 식량만 받고 죽도록 일한다.

2) 우리 동물의 일생은 자유가 없는 비참한 노예 생활의 연속이다.

3) 동물들끼리는 어떤 일이 있어도 서로 탄압을 해서는 안 된다.

4) 인간은 생산도 할 줄 모르면서 소비만 할 줄 아는 동물이다.

5) 인간을 몰아내도 굶주림과 힘든 노동은 계속될 수밖에 없다.

4. 다음은 누구에 대한 설명일까요?

> 그는 말솜씨가 뛰어난 웅변가였다. 뭔가 어려운 문제를 이야기할 때에는 왔다 갔다 하며 꼬리를 흔들어 대는 버릇이 있었는데, 오히려 그게 설득력이 있어 보이기도 하였다.

1) 스퀼러   2) 스노볼   3) 몰리

4) 존스 씨   5) 메이저

5. 농장의 반란을 주도적으로 이끈 동물은 무엇인가요?

1) 돼지   2) 말   3) 양   4) 염소   5) 암소

6. 동물들은 농장 주인이었던 존스 씨가 사용하던 농장의 집을 어떻게 하기로 하였나요?

1) 식량 보관 창고로 사용   2) 박물관으로 사용

3) 농기구 수리장으로 사용   4) 동물 병원으로 사용

5) 동물 회의장으로 사용

7. 다음 글에 등장하는 복서에 대해 떠올려지는 낱말이 아닌 것은 무엇인가요?

> 복서는 모든 동물들에게 칭찬받는 존재였다. 그는 존스 씨 밑에서도 열심히 일하는 동물로 소문나 있었지만 요즘은 마치 세 마리 몫의 일을 혼자 하는 것처럼 보였다. 농장의 모든 일이 그의 두 어깨에 달려 있는 것처럼 생각되었다.
>
> "다른 동지들보다 30분 만 먼저 깨워 달라고."
>
> 그는 젊은 수탉에게 늘 그렇게 부탁하곤 했다. 그리고 하루 일과가 시작되기 전에 가장 중요하다고 생각되는 일부터 찾아서 스스로 처리해 나갔다. 어려운 문제나 곤란한 일에 부닥칠 때마다, '내가 조금 더 일하자.'라고 입버릇처럼 중얼거렸다. 그는 사실 이 말을 자신의 좌우명으로 삼고 있었다.

1) 근면   2) 성실   3) 책임   4) 협동   5) 노력

8. 암소한테서 짜낸 우유와 과수원에서 떨어진 사과는 어떻게 했나요?

1) 시장에 내다 팔아 식량을 샀다.

2) 동물들이 나중에 똑같이 나누어 먹었다.

3) 누군가 몰래 존스 주인에게 갖다 주었다.

4) 어떤 동물들이 몰래 땅에다 묻어 버렸다.

5) 돼지들이 가져다 몰래 먹어 버렸다.

9. 나폴레옹, 스노볼, 스퀼러가 메이저의 가르침을 완전한 하나의
   사상으로 정리하고 붙인 이름은 무엇인가요?

   1) 공산주의　　　2) 자본주의　　　　3) 동물주의
   4) 사회주의　　　5) 민주주의

10. 동물들이 처음에 정한 '일곱 계명'이 아닌 것 두 가지를 고르세요.

   1) 어떤 동물도 침대에서 자서는 안 된다.
   2) 어떤 동물도 이유 없이 다른 동물을 죽여서는 안 된다.
   3) 모든 동물은 평등하다.
   4) 어떤 동물도 시트가 깔린 침대에서 자서는 안 된다.
   5) 어떤 동물도 술을 마셔서는 안 된다.

11. 다음은 당나귀 벤자민에 대한 설명입니다. 이 글을 통해 알 수
    있는 벤자민의 성격은 어떤가요?

> 나이 많은 당나귀 벤자민은 농장의 반란 이
> 후에도 전혀 달라진 데가 없었다. 그는 존스
> 씨가 있을 때와 마찬가지로 느릿느릿 고집스
> 런 방식으로 일을 했다. 그는 맡겨진 일을 피
> 하려 하지도 않았지만, 다른 일이 생겼을 때
> 자발적으로 나서서 하려고 하지도 않았다.

   1) 융통성이 없고 소극적이지만 성실하다.
   2) 나서기를 좋아하고 협조하지 않는다.
   3) 영웅적인 면이 있다.

4) 질투심이 많다.

5) 괴팍하고 자기밖에 모른다.

12. 스노볼과 나폴레옹에 대해 잘못 말한 것은 어떤 것인가요?

1) 나폴레옹은 스노볼보다 신분이 한 단계 위인 것을 강조했다.

2) 둘은 토의 도중에도 사사건건 의견 충돌을 보였다.

3) 스노볼이 이상적이라면, 나폴레옹은 현실적이라고 할 수 있다.

4) 나폴레옹은 스노볼보다 말솜씨가 떨어지는 편이었다.

5) 스노볼은 나폴레옹보다 치밀하고 계획적인 데가 있었다.

13. 나폴레옹이 사나운 개들을 키운 목적은 무엇인가요?

1) 동물 농장의 식량 창고를 잘 지키기 위해서

2) 자신의 권력을 보호하고 지키기 위해서

3) 외부 침략자들의 침입에 대비하기 위해서

4) 동물들을 모아 집단 훈련을 시키기 위해서

5) 동물들이 밖으로 도망치는 것을 막기 위해서

14. 동물 농장의 연락책을 맡았던 휨퍼 씨가 이웃 농장 주인에게 목재를 판 뒤 다음과 같은 행동을 한 이유는 무엇인가요?

> 얼굴이 하얗게 질린 휨퍼 씨가 자전거를 타고 급히 농장으로 들어왔다. 그는 자전거를 마당에 내동댕이친 채 곧바로 농장의 집으로 뛰어 들어갔다.

1) 사람들이 동물 농장으로 쳐들어왔기 때문에

2) 목재 값으로 준 돈이 위조 지폐였기 때문에

3) 목재가 모두 쓸모없는 것이었기 때문에

4) 수고비를 받지 못했기 때문에

5) 동물들이 자신을 공격했기 때문에

15. 동물들이 풍차 건설에 온 힘을 쏟았던 이유는 무엇인가요?

1) 나폴레옹 지도자의 명령이 무서웠기 때문에

2) 인간들이 공격해 올 것에 대비해야 했기 때문에

3) 추운 겨울이 오기 전에 일을 빨리 끝내야 했으므로

4) 사나운 개들이 곁에서 으르렁거리며 독촉을 해서

5) 동물들이 편하고 행복하게 살 수 있게 된다고 해서

16. 이 작품에서 독재자로 풍자되고 있는 것은 누구인가요?

1) 메이저   2) 스노볼   3) 나폴레옹

4) 스퀄러   5) 존스

17. 다음 밑줄 그은 말의 뜻을 잘 나타낸 것은 무엇인지 골라 보세요.

> 동물들은 스노볼이 쫓겨나는 것을 보고 큰 충격을 받았다. 그런데 엎친 데 덮친 격으로 이런 억압적인 말을 듣자 놀라서 어찌할 바를 몰랐다. 뭔가는 따져야 할 것 같은데 아무 생각도 떠오르지를 않았다. 복서도 기분이 언짢았다. 그는 귀를 뒤로 젖히고 몇 번이나 머리를 흔들어 대며 생각을 정리해 보려고 했지만 아무런 말할 거리도 찾지 못했다.

1) 칭찬을 받아 좋았는데 선물까지 받았다.

2) 눈이 하얗게 쌓이니 강아지들이 더 좋아한다.

3) 세상은 넓고 할 일은 많다.

4) 남은 아파 죽겠는데 누나는 모른 체한다.

5) 넘어진 것도 약오르는데 바지까지 찢어졌다.

18. 다음을 읽고 나폴레옹의 행동에 어울리는 우리 속담은 무엇인지 골라 보세요.

> 나폴레옹은 동물 농장의 식량 사정이 외부로 알려질 경우 좋지 않은 결과가 올 것이라는 걸 알고 있었다. 그래서 휨퍼 씨를 이용해 반대 소문을 퍼뜨리기로 작정했다. 지금까지 동물들은 매주 찾아오는 휨퍼 씨에 대해 접촉을 꺼려 왔다. 그러나 나폴레옹은 몇몇 동물(대부분 양들)들로 하여금 휨퍼 씨가 들을 수 있는 곳에서 자기들끼리 요새 식량 배급이 늘었다는 말을 하게 시켰다. 뿐만 아니라 나폴레옹은 식량 창고의 텅 비어 있는 식량통들을 모래로 가득 채우고, 그 위를 남은 곡식으로 살짝 덮게 했다. 그런 다음 적당한 구실을 붙여 휨퍼 씨를 창고로 안내해서 식량이 가득 담긴 통들을 볼 수 있게 했다.

1) 공든 탑이 무너지랴.   2) 아니 땐 굴뚝에 연기 나랴.

3) 철들자 망령든다.   4) 눈 가리고 아웅한다.

5) 똥 싼 놈이 큰 소리 친다.

19. 독재 국가에서 '사나운 개'에 비유될 수 있는 것은 어떤 집단인가요?

1) 군인   2) 비밀 경찰   3) 공무원

4) 집배원   5) 농장 주인

1. 수돼지 메이저가 꿈 이야기를 통해 동물들에게 전달하려는 메시지는 무엇이었나요?

2. 반란 이후 돼지들은 주로 어떤 일을 담당했나요?

3. 동물 농장을 공격한 사람들을 물리친 뒤 다음과 같은 일이 일어났습니다. 이 일은 누구의 명령으로 이루어진 것이었고, 어떤 이유 때문에 꾸민 일이었나요?

> 그 낯선 개들은 무서운 이빨을 드러내고는 곧장 스노볼을 향해서 덤벼들었다.
> "꽤액! 돼지 살려!"
> 스노볼은 기겁을 하고 후다닥 자리를 박차고 일어나 문밖으로 도망쳤다. 개들이 무서운 이빨을 내보이며 스노볼의 뒤를 쫓았다.

4. 동물들이 반란 당시 보다 나은 미래를 꿈꾸며 불렀던 노래의 제목은 무엇인가요?

5. 다음은 다친 복서가 치료를 받으러 마차에 탄 뒤 벤자민이 한 말입니다. 벤자민이 이렇게 말한 이유는 무엇인가요?

"그게 아니오. 저기를 좀 보시오. 아이고, 이 눈 뜬 장님들! 저기 마차에 뭐라고 써 있는지 아시오?"

6. 외양간 전투에서 승리를 거둔 뒤 동물들은 진흙 바닥에 처박혀 있던 존스 씨의 총을 찾아냅니다. 이것으로 1년에 두 번씩 축포를 쏘는 기념일을 갖기로 하는데 이는 언제인가요?

7. 외양간 전투에서 가장 큰 공을 세워 '동물 영웅 1등 훈장'을 받은 동물은 누구인가요?

8. 스노볼이 일곱 계명을 외우기 쉽게 요약하여 만든 '네 발은 좋고, 두 발은 나쁘다.'에서 네 발과 두 발은 각각 무엇을 뜻하나요?

9. 다음의 글을 읽고 클로버의 현재 심정을 잘 나타내는 두 음절의 한자어를 쓰세요.

> 클로버가 꿈꾸는 미래의 모습은 모든 동물들이 굶주림과 채찍질로부터 벗어나고, 모든 동물들이 평등하며, 자기 능력에 맞게 일하는 사회, 메이저가 연설하던 그날 밤 그가 어미 없는 새끼 오리들을 감싸주듯 강자가 약자를 보호해 주는 그런 사회였다. 그런데 지금의 현실은 그게 아니었다. 아무도 자기 생각을 말하지 못하고, 사나운 개들이 으르렁거리고 돌아다니며, 동물들에게 무서운 죄를 자백하게 한 다음 처형하는 사회였다.

10. 나폴레옹이 일곱 계명을 어기면서 이웃 농장의 인간과 거래를 하기 시작한 이유는 무엇인가요?

11. 이 소설은 어느 나라의 정치 상황을 배경으로 해서 쓰여졌나요?

12. 이 작품의 주제를 한 마디로 표현해 보세요.

● **논술 능력 Level Up!**

1. 어느 날, 스퀄러는 동물들에게 다음과 같은 나폴레옹의 말을 전했습니다. 나폴레옹이 이런 명령을 내린 이유는 무엇인지, 또 이런 행동에 대해 어떻게 생각하는지 써 보세요.

> "나폴레옹 동지의 특별 명령을 전달하겠소. 지금 이후부터 「영국의 동물들」이란 노래를 부르는 일은 금지하오."
> 스퀄러는 굳은 표정으로 소리쳤다.

2. 이 작품에 나오는 수퇘지 나폴레옹은 어떤 인물이라고 생각하는
   지 써 보세요.

3. 만약 여러분이 동물 농장에서 힘들게 일하고 있는 동물이었다면
   까마귀 모지스가 한 다음과 같은 말을 믿었을까요? 자신의 생각
   을 솔직하게 써 보세요.

   • "우리 같은 동물이 죽으면 어디로 가는지 알아? 바로 '슈가캔디산'이
     야. 바로 사탕과자로 만들어진 산이지.
   • 슈가캔디산에서는 1주일이 모두 일요일뿐이고, 1년 내내 토끼풀이 자
     라며, 울타리에는 각설탕과 박하과자가 열려 있거든."

4. 다음은 동물 농장을 빠져나간 몰리의 모습을 본 비둘기들이 한 말입니다. 이 글을 읽고 과연 몰리가 선택한 삶은 행복한 것이었는지 생각해 보고 몰리의 행동을 비판해 보세요.

> 뚱뚱하고 얼굴이 불그스레해 보이는 그 남자는 몰리의 콧잔등을 어루만지며 각설탕을 먹이고 있었어요. 몰리는 털을 새로 깎고 앞머리에는 붉은 리본을 달고 있었으며, 퍽 즐거워하는 표정이었어요.

---

5. 나폴레옹의 옆에서 항상 그를 호위하고 그의 명령에 따라 행동한 아홉 마리의 사나운 개들의 역할에 대해 어떻게 생각하는지 써 보세요.

6. 다음은 복서에 대한 설명입니다. 이 글을 읽고 복서의 자세에 대해 긍정적인 면을 이야기해 보고, 어떤 점을 본받고 싶은지 생각해 보세요.

> • 그는 매일 아침 젊은 수탉에게 부탁하여 남들보다 30분 전에 깨우게 하던 것을 15분이나 앞당겨 45분 전에 깨우게 다시 부탁했다.
>
> • 복서는 단 하루도 쉬지 않고 열심히 일했다. 그는 자신이 괴로워하고 힘들어 하는 모습을 다른 동물들에게 보이고 싶지 않았다.

7. 병든 복서를 도살장에 몰래 팔아 버린 나폴레옹의 행동에 대해 비판해 보세요.

8. 나폴레옹이 모든 잘못을 스노볼에게 돌리자 동물들은 다음과 같은 모습을 보입니다. 이를 통해 느낀 점은 무엇인지 써 보세요.

> 동물들은 뭔가 조금만 잘못된 일이 있어도 무조건 스노볼의 짓으로 돌려 버렸다.
> "지난 밤에 창문이 깨졌더라고."
> "배수구도 막혔어."
> "스노볼의 짓이 틀림없어."

9. 작가가 이 작품에서 말하고자 한 것은 무엇이며, 이 작품을 읽으면서 다른 소설을 읽을 때와 느낌이 어떻게 다른지에 대해 이야기해 보세요.

풀이

이해 능력 Level Up!

1. 4)	2. 2)	3. 5)	4. 1)	5. 1)
6. 2)	7. 4)	8. 5)	9. 3)	10. 2), 4)
11. 1)	12. 1)	13. 2)	14. 2)	15. 5)
16. 3)	17. 5)	18. 4)	19. 2)	

논리 능력 Level Up!

1. 반란을 일으켜 인간들을 몰아내고 자유와 행복을 쟁취하자는 것이었다.

2. 농장을 지휘 감독하고 조직을 정비하는 일.

3. 나폴레옹이 시킨 일이며, 경쟁 상대인 스노볼을 물리치고 권력을 혼자 차지하기 위해서 꾸민 일이다.

4. 영국의 동물들.

5. 복서가 탄 마차는 병원으로 가는 것이 아니라 '말 도살 및 아교 제조업'이라고 쓰인 도살장 마차였기 때문이다.

6. 외양간 전투의 기념일인 10월 12일과 반란 기념일인 6월 24일.

7. 스노볼과 복서.

8. 네 발은 동물을, 두 발은 인간을 의미한다.

9. 좌절(실망, 절망).

10. 농장에서 생산할 수 없는 물건들을 살 돈이 필요했기 때문에.

11. 이 작품은 러시아 혁명과 소련의 공산주의 체제를 풍자적으로 비
    판하였다.

12. 모든 독재에 대한 비판.

논술 능력 Level Up!

1. 예시 : 표면적인 이유는 「영국의 동물들」은 원래 반란 당시 불렀
   던 노래로, 이제 모든 반역자들을 처형함으로써 반란은 모두 끝
   이 났기 때문에 더 이상 부를 필요가 없게 되었다는 것이다. 하지
   만 그 속에 숨겨진 진짜 이유는 동물들이 하나로 뭉치는 것을 막
   기 위해서이며, 또 다른 반란을 일으켜 자신의 정권 유지에 위협
   적인 요소가 될 수 있기 때문이다. 우리 현대사에도 군사 정권 아
   래 많은 노래들이 금지곡이 된 적이 있다. 이러한 행동은 자유로
   운 생각과 표현을 막는 것이기 때문에 바람직하지 않으며, 금지
   곡이 사라질수록 민주적인 사회가 된다고 생각한다.

2. 예시 : 갈수록 독재자의 모습을 보인다. 처음에는 동물들을 위하
   는 듯하였지만 그것은 위선이었고, 실제로는 교묘한 말과 행동으
   로 동물들을 착취하고 자신의 권력을 이용해 자기 마음대로 하는
   이중적인 인물이다. 독재자가 가지고 있는 모습을 고스란히 보여
   주는 인물인 것이다.

3. 예시 : 동물 농장에 나오는 많은 동물들이 모지스의 말을 그대로 믿었던 것처럼, 지금의 삶이 배고프고 힘들기만 하다면 어딘가 다른 곳에는 보다 행복한 세상이 있다는 말을 그대로 믿었을 것이다. 그렇게 함으로써 마음의 위안을 얻고, 희망을 가질 수 있기 때문이다.

4. 예시 : 몰리와 같은 생활 태도를 가진 사람은 어디서도 행복해질 수 없을 것이다. 몰리는 현실 감각이 모자라고, 게으른데다가 자존심도 없고, 주체성도 없다. 모든 동물들이 사람들의 지배 아래에서 벗어나고자 노력하는데도 자신은 사람의 지배를 받는 것이 행복하다고 생각하고 스스로 사람에게 가 버렸기 때문이다. 이런 것은 아주 개인적인 행동으로, 공동체 사회에서 너무 동떨어진 인물이라고 볼 수 있다.

5. 예시 : 아홉 마리의 사나운 개들은 나폴레옹에게 철저히 훈련된 동물이다. 그들은 나폴레옹의 의견에 불만을 갖거나 적대시하는 모든 동물들을 감시하고 협박하며 공격하는 역할을 담당하여 독재자를 지켜 주고 있다. 이런 행동은 어쩌면 독재자 못지않게 악랄하다고 할 수 있다.

6. 예시 : 복서는 주어진 상황과 일에 대해 불평하기보다는 자신이 평소 지니고 있던 좌우명대로 내가 조금 더 일하면 된다는 생각을 가지고 있다. 어떤 어려운 일이 닥쳐도 결코 굽히거나 타협하지 않는 삶의 자세와 주어진 일을 끝까지 해내려는 책임감과 근면성은 본받을 만한 것이라고 생각한다.

7. 예시 : 남보다 열심히 일만 하며 살았던 복서가 병이 들자 나폴레옹은 치료해 준다고 하면서 도살장에 팔아 버린다. 뿐만 아니라 거짓말까지 해 가며 동물들을 달랬다. 이런 행동은 자신의 이익과 권력만을 위해 남을 이용하고 또 쉽게 배신하는 행동이라고 할 수 있다.

8. 예시 : 모든 잘못을 스노볼에게 돌려 자신의 실수를 덮고 다른 동물들이 자신에게 가질 불만을 스노볼에게 떠넘긴 나폴레옹은 야비하다. 그러나 그의 거짓말에 속아 넘어가 충직스럽게 행동했던 동료를 나쁘게 생각하고 확실하지도 않은 사실을 진실인 것처럼 생각한 동물들도 어리석다. 이를 통해 우리는 누군가를 평가할 때 객관적으로 생각할 필요가 있다는 것을 느꼈다. 누군가의 말만 믿고 편파적으로 생각하는 것은 바람직하지 않다.

9. 예시 : 이 작품은 독재자에 의해 다스려지는 국가의 모습을 빗댄 것으로 독재 정권의 권력을 앞세워 국민을 속이고 탄압하는 독재자와 그를 따르는 추종자들을 비판하고자 했다. 다른 작품과 다른 점은 우화 소설로서 다양한 동물들이 주인공으로 등장한다는 것이며, 동물들의 특징이 생생히 살아 있는 말과 행동이 매우 재미있다. 그리고 동물의 생활에 빗댄 인간 삶의 모습이 재미있으면서 거기서 얻어지는 교훈이 의미 깊다.

초등학생이 꼭 읽어야 할 세계 명작 시리즈